清貴 於 妄想

葵 於 キモノフォレスト（想像）

京都寺町三条のホームズ⑱

お嬢様のミッション

望月麻衣

双葉文庫

目次

家頭 清貴（やがしら きよたか）

類稀な鑑定眼と観察眼から、『ホームズ』と呼ばれている。現在は、骨董品店『蔵』を継ぐ前に、外の世界を知るよう命じられ、修業中の身。

真城 葵（ましろ あおい）

京都府立大学二年。埼玉県大宮市から京都市に移り住み、骨董品店『蔵』でバイトを始めた。清貴の指南の許、鑑定士としての素質を伸ばしている。

梶原 秋人（かじわら あきひと）

現在人気上昇中の若手俳優。ルックスは良いが、三枚目な面も。

円 生（えんしょう）

本名・菅原真也　元贋作師で清貴の宿敵だったが、紆余曲折を経て、今は高名な鑑定士の許で見習い修業中。

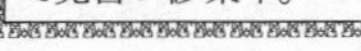

滝山 利休（たきやま りきゅう）

清貴の弟分。清貴に心酔するあまり、葵のことを疎ましく思っていたが……？

家頭（やがしら）誠司（せいじ）
（オーナー）
清貴の祖父。国選鑑定人であり『蔵』のオーナー。

滝山（たきやま）好江（よしえ）
利休の母であり、オーナーの恋人。美術関係の会社を経営し、一級建築士の資格も持つキャリアウーマン。

家頭（やがしら）武史（たけし）
（店長）
清貴の父。人気時代小説作家。

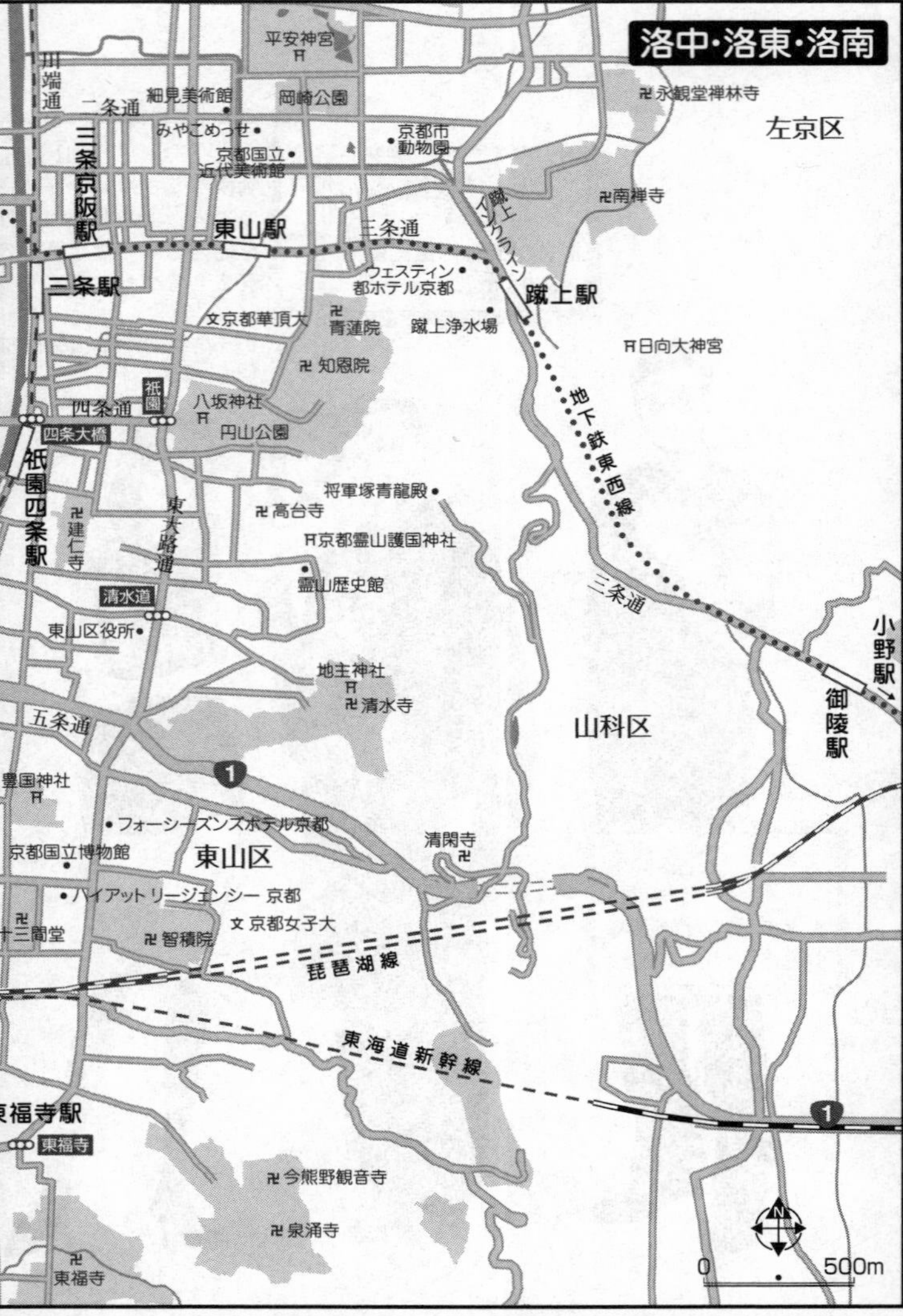
洛中・洛東・洛南
平安神宮
細見美術館
岡崎公園
二条通
川端通
みやこめっせ
京都市動物園
京都国立近代美術館
永観堂禅林寺
左京区
南禅寺
三条京阪駅
東山駅
三条通
蹴上インクライン
三条駅
ウェスティン都ホテル京都
蹴上駅
京都華頂大
青蓮院
蹴上浄水場
日向大神宮
知恩院
地下鉄東西線
祇園
四条通
八坂神社
四条大橋
円山公園
祇園四条駅
将軍塚青龍殿
建仁寺
東大路通
高台寺
京都霊山護国神社
霊山歴史館
三条通
清水道
東山区役所
小野駅
地主神社
清水寺
御陵駅
五条通
山科区
豊国神社
フォーシーズンズホテル京都
清閑寺
京都国立博物館
東山区
ハイアット リージェンシー 京都
京都女子大
三十三間堂
智積院
琵琶湖線
東海道新幹線
東福寺駅
東福寺
今熊野観音寺
泉涌寺
東福寺
0
500m

丸太町駅
烏丸通
367
千本通
二条自動車教習所
二条城
二条駅
二条城前駅
御池通
京都市役所
BiVi二条
中京区役所
烏丸御池駅
京都市役所前駅
三条通
中京区
堀川通
三条通
六角堂
嵯峨野線
大宮駅
四条通
阪急京都線
烏丸駅
京都河原町駅
西院駅
嵐電嵐山本線
四条大宮駅
四条駅
壬生寺
タカシマヤ
地下鉄烏丸線
七本松通
河原町通
松原通
五条通
9
1
清水五条駅
五条駅
丹波口駅
延寿寺
京都市中央卸売市場
下京区
1
渉成園（枳殻邸）
西本願寺
東本願寺
七条駅
京都水族館
龍谷大
梅小路京都西駅
七条通
七条大橋
24
京都タワー
下京区役所
京都鉄道博物館
梅小路公園
京都駅
京都線
東海道新幹線
奈良線
大宮通
イオンモールKYOTO
河原町通
南区
東寺
烏丸通
東寺駅
近鉄京都線
171
九条通
九条駅
1
↓十条駅

0
1.5km
寂光院
三千院
阿弥陀寺
滋賀県
京都府
367
奥比叡ドライブウェイ
朗詠山長源寺
西教寺
坂本比叡山口駅
岩倉駅
八幡前駅
八瀬比叡山口駅
蓮華寺
比叡山延暦寺
国際会館駅
叡山ケーブル
大比叡
坂本ケーブル
松ノ馬場駅
叡山ロープウェイ
三宅八幡駅
宝ケ池駅
星野リゾート
ロテルド比叡
穴太駅
京阪石山坂本線
叡山電鉄叡山本線
修学院離宮
修学院駅
曼殊院
比叡山ドライブウェイ
唐崎駅
圓光寺
一乗寺駅
滋賀里駅
狸谷山不動院
湖西線
茶山駅
琵琶湖
左京区
南滋賀駅
元田中駅
161
近江神宮前駅
吉田神社
銀閣寺（慈照寺）
哲学の道
法然院
真正極楽寺（真如堂）
大津京駅
瑞光院
京阪大津京駅
金戒光明寺
平安神宮
大津市役所前駅

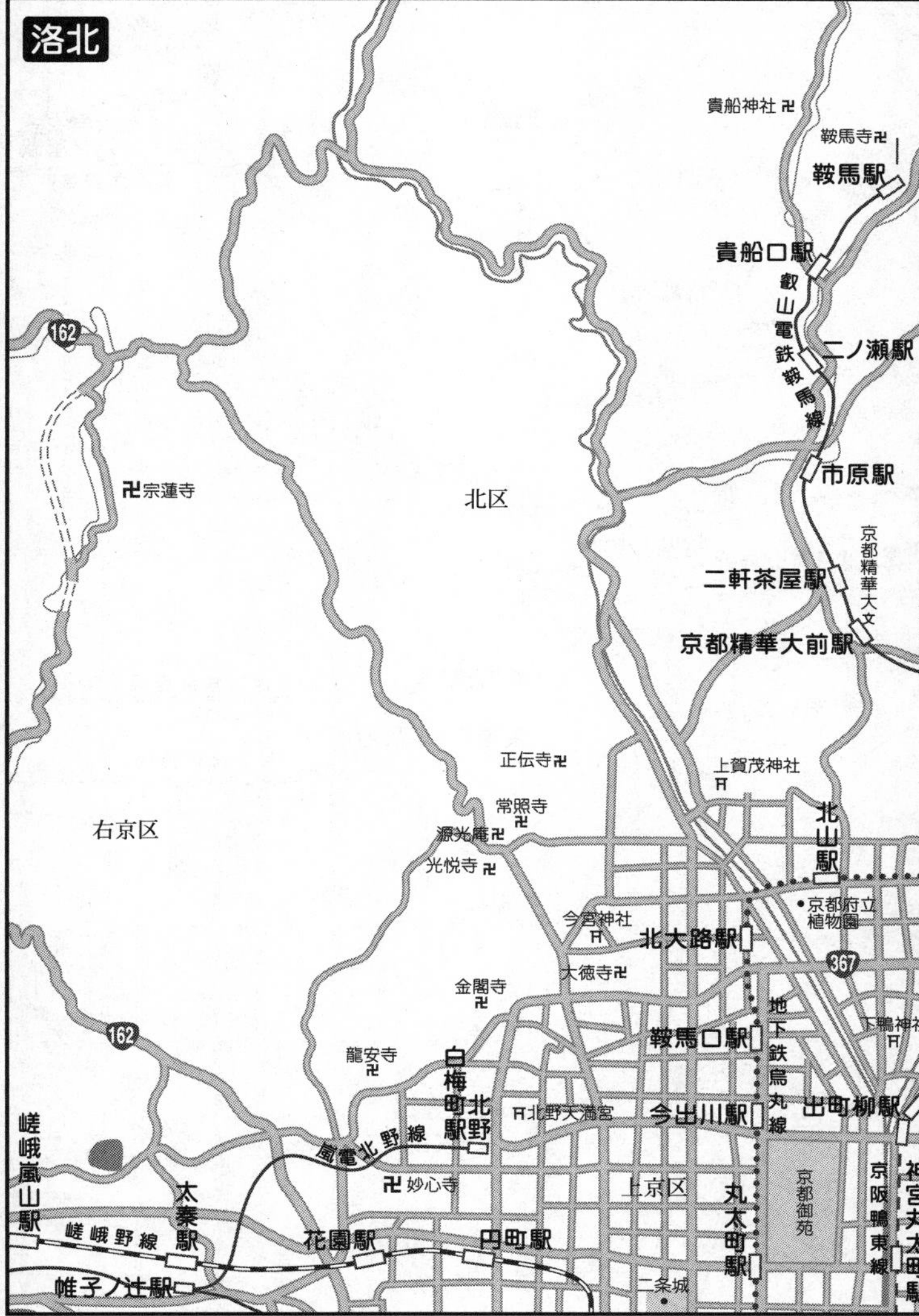
洛北
貴船神社
鞍馬寺
鞍馬駅
貴船口駅
叡山電鉄鞍馬線
二ノ瀬駅
市原駅
京都精華大文
二軒茶屋駅
京都精華大前駅
162
宗蓮寺
北区
右京区
正伝寺
上賀茂神社
常照寺
源光庵
光悦寺
北山駅
京都府立植物園
今宮神社
北大路駅
367
大徳寺
金閣寺
地下鉄烏丸線
下鴨神社
鞍馬口駅
龍安寺
白梅町駅
北野
北野天満宮
今出川駅
出町柳駅
嵐電北野線
嵯峨嵐山駅
妙心寺
上京区
京都御苑
京阪鴨東線
神宮丸太町駅
丸太町駅
太秦駅
嵯峨野線
花園駅
円町駅
帷子ノ辻駅
二条城

立命館大
等持院
仁和寺
福王子
162
龍安寺駅
等持院・立命館大学衣笠キャンパス前駅
妙心寺駅
嵐電北野線
宇多野駅
御室仁和寺駅
一条通
鳴滝駅
妙心寺
嵐電北野線
妙心寺道
花園駅
常盤駅
法金剛院
太秦駅
東映太秦映画村
花園大
嵐電嵐山本線
撮影所前駅
太秦天神川駅
帷子ノ辻駅
広隆寺
右京警察署
葛野大路通
太秦広隆寺駅
蚕ノ社駅
地下鉄東西線
御池通
京都先端科学大
嵐電天神川駅
右京区役所
嵐電嵐山本線
三条通
山ノ内駅
三菱自動車
梅宮大社
四条通
162
京都外大
右京区
桂川運動公園
上野橋
阪急京都線
イオンモール京都五条
五条通
9
上桂公園
西大橋
ハンナリーズアリーナ
西京極総合運動公園
9
西京極駅

洛西
大覚寺
右京区
広沢池
化野念仏寺
嵐山高雄
パークウェイ
清凉寺
祇王寺
丸太町通
二尊院
常寂光寺
トロッコ嵐山駅
嵯峨嵐山駅
嵯峨野線
トロッコ嵯峨駅
法然寺
車折神社駅
鹿王院駅
鹿王院
天龍寺
嵐山駅
嵐電嵯峨駅
車折神社
三条通
亀山公園
中ノ島公園
渡月橋
嵯峨美術大
桂川
嵐山
嵐山駅
法輪寺
嵐山東公園
嵐山モンキーパークいわたやま
阪急嵐山線
松尾大社駅
松尾橋
西京区
松尾大社
松尾大社
月読神社
鈴虫寺
西芳寺
0
500m

プロローグ

年始。

私――真城葵と友人の宮下香織は、北野天満宮を訪れていた。初詣に、と言いたいところだけどそうではない。もう年が明けて五日も経っていて、私たちはそれぞれ、初詣を済ませている。今日は、新年の参拝といったところだろうか。

「まだ冬休み中だから、すごい人だね」

参拝の列に並びながら、私は首を伸ばして境内をぐるりと見回した。

「ほんまに。中高生がほとんどやな。これから受験も本番やし」

香織がしみじみと洩らしている横で、本当だね、と私は首を縦に振る。

「参拝にも力が入ってそうだね」

ここは、学問の神様と言われる菅原道真が主祭神であり、全国にある『天満宮』の総本山。学業に霊験あらたかな神社として知られていた。

受験生たちの姿を眺めながら、私は当時を振り返る。

受験生だった頃は、必死だった。

いや、必死というより、『逃避』と言った方が良いかもしれない。ホームズさんに別れを告げられた私はつらい想いを振り切るかのように、勉強に没頭していたのだ。あのホームズさんとの一時の別れがなければ、今の大学に合格していなかったかもしれない……。

そう思うと、少し複雑な気分になる。

そして、早いもので気が付けば――。

「私たち、今年の春には大学三年生だね」

ぽつりとつぶやくと、隣に立つ香織が、そうやね、とうなずいてから、小さく笑った。彼女のボブカットが微かに揺れている。

「まだまだ葵は、関東の人やなぁ」

「え、なにが？」

「うちらは『三回生』って言うし」

ふふっ、と私の頬が緩む。

「そういえば、京都というか、関西の人は『〇回生』って言うよね」

「っていうか、そもそも、全国的に言うてるもんやと思ってたし」

「『〇回生』って言葉は、方言とは違う感じだもんね」

そんな話をしていると、本殿の前に辿り着いた。

私と香織は一礼二船拍手をして、手を合わせたまま目を瞑る。

良い学びができて、実りのある一年になるのを願い、最後に一礼した。

参拝を終えて、そっと列から離れる。

「さて、行こうか。楽しみやね、カステラ」

嬉しそうに言う香織に、うん、と私は答えた。

香織との新年の参拝を北野天満宮に決めた理由は、学業のご利益を授かりたかったのと、もうひとつ、この神社の近くに、行ってみたいお店があったからだ。

それは、北野天満宮大鳥居のすぐ横にある『ポルトガル菓子店』。

店の名物は、カステラ。それも私たちが知っているカステラとは違っている。

そもそもポルトガルにはカステラと呼ばれるお菓子はないそうで、カステラの原型と言われているお菓子が、『パォンデロー』というもの。

卵と砂糖を一緒に泡立て、小麦粉を加えて窯で焼くというシンプルなもので、その素朴な味わいが、とても美味しいと評判だった。

「予約ができるお店で良かったよね」

「ほんまや。この時期、予約しぃひんかったら、きっと入れへん」

境内を出て、店の前に目を向ける。

酒蔵のような店構えに、赤と緑のポルトガル国旗と異国風の暖簾が下がっている。

ミスマッチなようで、とてもしっくりくる。

店先には香織が言っていた通り、結構な行列ができている。

様子を窺うと、並んでいるのはカフェの利用客ではなく、お菓子のお持ち帰り客がほとんどのようだ。

私たちは行列の横をいそいそと歩いて、店内に入った。

シックで可愛らしい店内に、わぁ、と私たちの口から感激の声が洩れる。

スタッフの案内で席に着き、メニューを見る。パォンデローはもちろん、私たちに馴染みのあるカステラもある。

それらを食べ比べできるおすすめのプレートもあった。『ポートワインによく合います』という一文が添えられていて、なんとなくポルトガルっぽいと思う。

日本だったらカステラに合わせるとなれば、コーヒーかお茶系になるだろう。

せっかくだからと私たちは食べ比べできるプレートとポートワインのグラスをオーダーする。

やがて届いた食べ比べできるプレートには、大きな皿に三種類のパォンデローとカステラが載っていた。

いただきます、とポートワインで乾杯して、パォンデローを口に運ぶ。

「美味しい。卵の風味がしっかりしている」

「優しい甘さやね」

パォンデローは、初めて食べるのになぜか懐かしさを感じる味わいだった。

ポートワインを一口飲んで、私たちは、たまらない、と目を瞑る。

「カステラにワインって、どうなんだろうって思ったけど、合うねぇ」

「ほんまに。なんや昼間からお酒って、なんだか背徳感やな」

背徳感って、と私は思わず笑う。

「でも分かる。昼間からお酒を飲むって、贅沢すぎて罪悪感があるよね」

「そうそう。けど、まだお正月やしありやな」

本当だね、と私たちは笑い合う。

「葵は年末年始、どうしてたん？」

私は、ええと、と天井を仰ぎ、口の中に入っているカステラを飲み込んでから、話し始めた。

「大晦日は、家頭邸で過ごしたよ」

「ホームズさん一家と一緒に？」

「うん。あと、上田さん、好江さんと利休くん、遅い時間になってから、秋人さんも合流して……」

「楽しそうやな」

「すごく楽しかった。みんなでワイン飲みながらトランプやボードゲームしてね。ホームズさんが、どんな手段を使っても勝ちにくるから、秋人さんがムキになって」

想像つくし、と香織は笑う。

除夜の鐘が鳴り出すと、新年を迎えるムードが高まるものだ。初詣に行こうという話になり、私、ホームズさん、秋人さん、利休くんの四人は家頭邸を出て、八坂神社へ向かった。

「そやけど、すごい人やったやろ」

そう言う香織に私は、すごかった、と肩をすくめる。

いつまで経っても本殿の前に辿り着ける気がしないほどの人だったのだ。

「だから本殿の目の前に行くのは諦めて、少し遠くから本殿に向かって手を合わせることにしたの」

「それが賢明やな。相手は神様やし、目の前に行かなくても想いは届くやろ」

だよね、と私は頬を緩ませる。

「でも、そのあと『をけら詣り』はできたんだよね」

『をけら詣り』は、縄（吉兆縄）の先に火をつけて、消えないようにくるくる回しながら持ち帰る。帰宅後、その火種を神前に灯明したり、正月の雑煮を炊く時などに使い、一年間の無病息災を願うのだ。

ホームズさんが、『久々に、この火種でコーヒーを淹れましょうか』と提案してくれたので、私たちは、ホームズさんと店長が住む八坂のマンションに向かった。

「ええなぁ、『をけら詣り』の火種を使(つこ)て、ホームズさんがコーヒーを淹れてくれるなんて最高やな。美味しかったやろ」

とっても、と私は首を縦に振る。

その時、ホームズさんが淹れてくれたコーヒーは、格別に美味しく感じた。

「で、その後はどうしたん？」

「せっかくだから初日の出を見ようって話になって、朝までお喋り。日の出はなんとか見られたんだけど、その頃にはみんな眠くて、ちょっとふらふらしててね」

「そらそやろうなぁ。その後、すぐ寝たん？」

「うん。私はベッドを借りられたんだけど、ホームズさんたちはリビングのソファーやラグの上で雑魚寝してた」

「……想像したら、すごい図やな」

腕を組みながら言う香織に、本当に、と私は笑う。

「午後になってから、ホームズさんがうちまで送り届けてくれてね……」

その際ホームズさんは、いつの間にか用意していた菓子折りを出して、私の家族に新年の挨拶をした。

「その流れで、ホームズさんはうちで夕食を摂ることになったの」

「そうやったんや。家族はどないな感じ？」

「お母さんもお祖母ちゃんも弟も、なんか浮かれたみたいに大喜びしてたんだけど、お父さんだけは、ちょっと複雑そうな顔してた」

「父親ってそんなもんや。うちのおとんもお姉の婚約者のふにゃふにゃした感じを前に、いっつも複雑そうな顔してるし」

「ああ、米山(よねやま)さん」

米山さんは、今は足を洗った元贋作師であり、素晴らしい才能を持つ画家だ。

元贋作師というと円生の姿が浮かぶけれど、米山さんは、まったくタイプが違っている。

繊細でタンポポの綿毛のようにふわふわとした雰囲気を持つ人だった。

「米山さん、よく香織の家に来てるの？」

「実はうちに住み着いてるんや」

知らなかった、と私は少し驚いて口に手を当てた。

「もう同居してたんだ」

「言うても呉服を学ぶための住み込みとしてで、お姉と部屋は別やで」

「後継ぎ教育ってこと？」

うーん、と香織は眉根を寄せて、首を捻る。

「ちょっと違てる。うちの親も米山さんの画家としての才能を認めてるし、描き続けてもらいたいて思うてるんや。けど、その傍ら、店のことも少しはやってもらいたいて思うてるらしくて」

「それじゃあ、米山さんは、絵を描き続けられるってことなんだね」

私は嬉しい気持ちで、うんうん、と相槌をうつ。

画家としての米山さんのファンだからだ。

「うちの店の入口に飾る掛け軸描いてくれたんやけど、それがもう評判で。『うちも描いてほしい』てお客さんから依頼が入ったりしてるんやで」

「さすがだね」

と、私が感心していると、香織は話を続けた。

「お姉も米山さんと交際を始めたことで、随分しっかりしたんや。ほんで店のことはお姉をメインに、米山さんはそのサポートをしてもらえたらて思うてるみたいやわ」

ふんわりした者同士がくっつくと、どっちかがしゃんとするもんやなぁ、と香織が独り言のように言う。

良かったねぇ、と私が言うと、香織は肩をすくめた。

「そうやな。最初はどうなるかて思うたけど、まぁ、なんとかって感じで。そのうち本格的に結婚の話を詰めてくやろ」

そっかぁ、と私は微笑む。

「それじゃあ、年末年始の家族団欒には米山さんも一緒だったんだ？」

そやね、と香織はうなずいて話を続ける。

「けどうちは団欒してへん」

「えっ、どういうこと？」

「結構ちょろちょろしてたんや。大晦日は『推し』のライブに行ってたし、元日は『ゴミ拾い初詣』をしてた」

「そうだったんだ。ちなみに『ゴミ拾い初詣』って？」

「『京もっと』の仕事始めや」

『京もっと』は、『京の町をもっと素敵にしたいプロジェクト』の略だ。

学生たちで立ち上げた団体で、言ってしまえばサークルのようなもの。

そのリーダーが、秋人さんの弟の梶原春彦さんだ。

「『京もっと』のサイトに呼びかけがあるんや。『こんなことしますから、興味のある人は参加してください』って。みんな自由に参加するて感じで」

うんうん、と私は首を縦に振る。

常々、サイトで呼びかけをしているのは、私も知っていた。

「大晦日の翌朝って結構ゴミが出るし、『朝イチに神社をお詣りしてから、みんなでゴミ拾いをしませんか』って、春彦さんが呼びかけてて」

『京もっと』には私も携わっているけれど、まさか年末年始まで活動をしているとは思わず、サイトをチェックしていなかった。

「何人くらい集まったの？」

「うちと春彦さんの他に四人来たから六人やな」

「みんな、マメにチェックしてるんだね」

えらいなぁ、と私が洩らすと、香織はばつが悪そうに肩をすくめた。

「うちもマメにチェックしていたわけやなくて、春彦さんから『サイトに情報アップしたから良かったら見てね』ってメッセージが来たからで……」

そうだったんだ、と私がうなずいていると、香織はすぐに話を続けた。

「ゴミ拾いは昼近くまでかかったんやけど、サイトを見てくれたイタリアン・レストランやってる佐田さんが、お弁当を差し入れしてくれはってん。ほんで出町柳の三角デルタでみんなと食べたんやけど、めちゃ美味しくて、みんなで感激や」

プロが作るお弁当はさすがやなぁ、と香織はしみじみと言う。

「素敵な元日だったねぇ」

「うん。ええ仕事始めやった」

「新年からボランティア活動をする『京もっと』は、本当に素晴らしいね。何より、そうしたことを呼び掛ける春彦さんって、やっぱり素敵な人だね」

私がそう言うと、香織はほんのり頬を赤らめる。

「うん、まぁ、そやね」

香織は目を泳がせたかと思うと、すぐに話題を変えた。

「そや、それより葵、ホームズさんにクリスマス・プレゼント、どんなんもろたん？」

急に話題が変わったことに驚きながら、えっ？　と私は訊き返す。

「ほら、きっと、ホームズさんのことやし、ものすごいプレゼントをくれそうやん」

なんだか、話を逸らされている気がする。

少し不思議に思いながらも、私は質問に答える。

「クリスマスは、お互いお揃いの万年筆を贈り合うことにしたの」

へっ、と香織は拍子抜けしたような声を出した。

「万年筆やったんや」

「うん。いつも高価なものを贈ってくれようとするから、『お揃いのものを贈り合いましょう』って先手を打っちゃって……」

先手て、と香織は頬を緩ませる。

「それなのにホームズさんは他にも何か贈ってくれそうだったから、つい、『そんなに甘やかそうとしないでください。できれば、もう少し庶民感覚を分かっていただけると……』って言っちゃってね」

それで？　と香織は私の顔を覗く。

「そしたらホームズさん、ちょっとだけショックを受けた顔をしてた……」

香織は、あー、と声を洩らして、腕を組んだ。

「ホームズさんは、いつでもセレブな感じやし、葵が『庶民感覚を』って言うてしまうの、分かる気ぃする」

「うん。ホームズさんの気持ちはとてもありがたいんだけど……」

やはり自分が庶民のせいか、時々、胸がざわめいてしまう。

「もちろん、これまでの贈り物は本当に嬉しかったし、大切にしてるんだけどね」

ふむふむ、と香織は相槌をうつ。

「基本的な価値観が違うんやろか……」

香織は独り言のように洩らす。

だが、すぐにハッとした様子で、慌てたように手を振った。

「あっ、変な意味やないよ」

私は、分かってる、とうなずいて、窓の外に目を向けた。

「実は私自身も価値観が違うかな、と感じることはあってね。でも、それは仕方ないと思っているんだ。そもそも私とホームズさんでは、生まれも育ちもまるで違っているから……」

そこまで言って、私は香織を見た。

「そう思えば、香織と春彦さんは、価値観が合ってそうだよね」

二人とも京都で生まれ育っている。

香織の家は呉服屋、春彦さんの父親は文壇の重鎮だ。双方の親の職業はまるで違うけれど、共にホームズさんの祖父で国選鑑定人の家頭誠司さんをはじめ、京都の著名人とつながりがある。

こういう言い方はどうかとは思うけれど、『京都に住んでいる同じ階級の家同士』という感じはしていた。

「うん、まぁ……」

香織は弱ったように頭に手を当てる。

先ほどから春彦さんの話題になると、香織の様子がおかしい。

最初は照れているのだろうと思ったのだけど、どうやらそれだけではないようだ。

「もしかして香織、春彦さんと何かあった？」

思わず前のめりになって問うと、香織は弱ったように目をそらし、頬を赤らめた。

「……あった」

やっぱり、と私は息を呑む。

「ほんまのことを言うと、葵に話したい気持ちと、話したら軽蔑されそうな気持ちがあって……」

自分でもドン引きしてるんや、と香織は額に手を当てた。

「軽蔑なんてそんな。一体何があったの？」

「クリスマス・イブ……家頭邸でパーティをしたやん？」

うん、と私は相槌をうつ。

「パーティが終わったあと、春彦さんが送るって言うてくれたんや。けど、お互いに楽しい余韻が残ってて、『まだまだ帰りたくないね』って話になって、もう少し飲もうかって、二人だけで二次会をして」

「あかん？」

私が何も言わずに次の言葉を待っていると、あかん、と香織は首を振った。

「今はまだちょっと気持ちの整理がついてへんし、話せへん。もう少し待ってもろてもええ？」

「うん、それはもちろん」

「おおきに」

ふぅ……、と香織はため息をつく。

私は心配になって、少し身を乗り出した。

「でも、その、ひとつだけ訊きたいんだけど、香織が嫌な思いをしたとか、傷付けられてしまったとか、そういうことは……？」

するとは香織は慌てたように、首と手を振った。

「そういうんはまったく。春彦さんはいつも優しいし、紳士的やし」

それなら良かった、と私は胸に手を当てた。

「ただ……」

香織は何かを言いかけるも、あー、と洩らして顔を両手で覆った。

「あの夜のことを思い出したら、穴に埋まりたくなる。この話はしまいや」

この様子を見る限り、もしかしたら香織は酔っぱらって、何か失敗をしてしまったのかもしれない。

クリスマス・イブ、香織と春彦さんにそんな事件が起こっていたなんて……。

そういえば、円生は幼馴染の坂口由貴さんと過ごしたという話だ。

また、私たちが先日少し関わった華道教室の先生・田所敦子さんも、クリスマスに自分の店でパーティを開き、それが驚くような事件につながっていた。

先月のクリスマスは、いろんな場面で、いろんな人に、大なり小なり事件があったようだ。

しみじみ思っていると、そうや、と香織は話を変えた。

「今、ホームズさんは、どこへ修業に？」

「小松探偵事務所だよ」

「まだ、小松さんのところなんや。そやけど、もう三か月過ぎたんちゃう？」

うん、と私はワインを口に運ぶ。

「たしか、去年の十二月でちょうど三か月なんだけど、小松さんは副業に集中するのにちょくちょく事務所を休んでいてね、その間、ホームズさんは『蔵』に戻ってきていたから、もう少しお手伝いするみたい」

「へぇ、きっちりしてるんやね」

「きっちりっていうのと、少し違う気がするけどね」

ホームズさんは、好き嫌いがハッキリしている。

行きたくないところには、どんなに頼まれても行こうとしない人だ。

期間が過ぎても手伝うことを決めたのは、おそらく小松探偵事務所の居心地が良いのだろう。

「そうそう、小松探偵事務所は、今日が仕事始めでね、三人で顔合わせするみたい」

そうなんや、と香織は相槌をうち、思い出したように口を開く。

「円生さんて、凄い人やな」

えっ、と私は香織の方を見た。

「これまで遠巻きに見てきて、『怖い人』って印象しかなかったんやけど、展覧会の作品を観て、圧倒されたし」

「うん、凄い人だよね」

「また、新作描いたら、展覧会してくれるんやろか」

どうだろう……？　と私は小首を傾げた。

「してくれるといいな、とは思ってるけど」

「ところでホームズさんと円生さん、もう喧嘩はしてへんの？」

円生はもう贋作師ではなくなり、今やホームズさんとともに小松探偵事務所に身を寄せている仕事仲間だ。それでもライバル関係なのは変わりないようで、ホームズさんは円生に関わることとなると、過剰な反応を示す。

「喧嘩は……よくしてるよ」

「そうなんや！」

と、香織は目を丸くする。

「うん。以前のような険悪な感じじゃないけどね。それに展覧会を経て、二人の仲の悪さも少しは緩和されたようだし……」

でもライバルであり続けるのは、きっと変わらないだろうな、と私は小さく笑って、窓の外に目を向けた。

第一章　うまい話には

1

最近は、ごく一部の者に『祇園探偵』などと呼ばれるようになった『小松探偵事務所』。

だが、事務所が祇園にあるというだけで、祇園っぽさは特にない。

そう、舞妓が事件を解決するわけでも、芸妓が三味線を使って敵を操るわけでもない。

それが祇園っぽさかと問われれば、甚だ疑問ではあるが……。

それはさておき、唯一の祇園っぽさは、町家をリノベーションしているところだろうか。

とはいえ、情緒があるのは外観だけで、内装は至って普通だ。

床は畳でなくフローリング、スチールデスクが三台と応接スペースに黒い革張りのソファーが向かい合っている。ちなみに革張りと言ったが、実際は合皮だ。

そんなごく普通のありふれた内装の事務所に、三人の男たちがいた。

所長の小松勝也(こまつかつや)、京都のホームズと呼ばれる切れ者の美青年・家頭清貴、今や天才画家と誉れの高い、スキンヘッドの青年・円生（本名・菅原真也(すがわらしんや)）が、各々デスクに着いている。

メンバーは自分以外、ありふれてはいない。

なぜ、こんなすごい面々がうちにいるんだろう？

小松は、何度も考えたことをあらためて思う。

今日は仕事始めだ。先ほど、ここで顔を合わせて、『今年もよろしくお願いします』と挨拶をした後、三人はそれぞれ思い思いに過ごしていた。

小松は副業のプログラミングの仕事を進めている。

円生はパソコン画面に向かい、かったるそうにトランプゲーム（ソリティアのようだ）をし、清貴はというと頬杖をついたまま、手にしている万年筆をぼんやり眺めていた。

あんちゃん、どうかしたのか？

そう問いかけて、小松は口を噤んだ。

瞬時にクリスマス・イブに行われた家頭家でのパーティを思い出した。

清貴の婚約者・真城葵は、サリー・バリモアという米国で活躍するキュレーターにニューヨークへ来ないか、と誘われた。

葵が戸惑い立ち尽くしていると、清貴はそんな彼女の横に立ち、『どうか、彼女をよろしくお願いします』と頭を下げたのだ。

傍で見ていた小松は、驚きを隠せなかった。

清貴は一見、度が過ぎているほど葵を偏愛している。そんな彼にとって彼女を旅立たせるというのは、身を切るような想いだったに違いない。

それでも葵の未来を思っての決断だ。素晴らしいではないか。

小松が胸を熱くさせていると、円生が忌々しそうに隣に座る清貴を横目で見た。

「なんやねん、さっきから万年筆を眺めては、呆けてからに」

気色悪い、と円生は息を吐き出す。

「おい、円生……」

円生はパーティに出席していなかったが、清貴と葵の話は知っている。

それは他でもない、小松が伝えていたからだ。

円生はこの事務所の二階に住んでいる。そのため何かと話す機会があり、気が付くとペラペラと色んなことを話してしまっていた。

そんなわけで、円生は清貴の事情を知っている。にもかかわらず、相変わらず遠慮がない男だ。

小松が頬を引きつらせると、実はですね、と清貴が頬を緩ませて振り返る。

「この万年筆は、葵さんからクリスマス・プレゼントにもらったものなんですよ」

「その自慢をしたかっただけやん。ムカつくわ」

「そういうつもりでは……万年筆を見て、想いを馳せていただけですし」

清貴は大事そうに万年筆を胸ポケットに戻す。

「で、あんちゃんは、嬢ちゃんに何を贈ったんだ？」

小松が興味本位で訊ねると、円生がすかさず言う。

「どうせ、ホームズはんのことやし、『葵さんに贈るものですからね。シャガールをご用意いたしましたよ』とか言うんやろ」

円生がした清貴の真似が上手すぎて、小松は思わず噴き出した。

「似すぎだろ。そして、いくらあんちゃんでもシャガールはないだろ」

「やりかねへん」

「たしかにな」

「……僕は、そんなに浮世離れしていますかね？」

清貴は不服そうに言って、小さく息をつく。

「そんなん今さらやろ」

吐き捨てるように言う円生に、小松が「まぁなぁ」と答える。

「実は、葵さんにも言われてしまったんですよ……」

うん？　と小松と円生は、清貴に注目する。

クリスマス前、葵が清貴にこんなことを言ってきたそうだ。

『ホームズさん、クリスマスは、お揃いの品を贈り合いませんか？』

高価な物を贈られたらどうしよう、と葵が心配しているのに、清貴は気付いていた。

同じ品を贈り合うのであれば高価になりすぎないと思ったようで、『名案でしょう』と目を輝かせている。

そんな葵の表情がとても可愛かった、と清貴は言う。

『それはいいですね、何にしましょうか？』

二人で相談した結果、万年筆を贈り合うことにした。

葵には、清貴をイメージした深い藍色の万年筆。

清貴には、葵をイメージした紅色の万年筆。

互いに相手の名前を刻んで持つことで、『これから先、たとえ側にいられない時があっても、心はともにあることを思い出せるように』などと、ロマンチックなことを言い合ったそうだ。

その時、照れたようにはにかむ葵の横顔がとてつもなく愛くるしかった、と清貴は拳を握りながら熱っぽく言う。

「――で、それがなんやねん。いちいちあんたの主観はいらんのやけど」

円生は話を聞きながら、イライラした様子で舌打ちする。

小松もまったくもって同感であり、自然と眉間に皺が寄っていた。

失礼しました、と清貴は胸に手を当てる。

「ですが、僕としてはやはり万年筆だけというのも寂しい気がしていたんです。他に何かと思っていたら、葵さんに断られてしまって……」

『そんなに甘やかそうとしないでください。できれば、もう少し庶民感覚を分かっていただけると……』

そんな葵の言葉を聞いた小松と円生は、あー、と納得の声を上げる。

「嬢ちゃんが言うのは分かるな」

「せやな」

そうでしょうか、と清貴は顔をしかめる。

「あんたは、基本的にマリーやん」

「マリーとは？」

「アントワネットや」

円生の言葉に、小松はまた噴き出し、清貴は顔をしかめた。

「アントワネットって……僕はただの商人ですよ。普通に庶民感覚は持っているつもりなんですが」

「嘘やん。彼女との旅行に九州の豪華寝台列車を選ぶ時点で、庶民やないし」

「何を言うんですか、二人で初めての旅行ですよ？　奮発するところは奮発しますよ。でも、日常はそれとは話は別です。僕だってスーパーのチラシをチェックして、特売でしたら喜んで買いに行きますし」

そう言う清貴に、小松は、へぇ、と意外そうな声を上げた。

「あんちゃんもそういうことするんだな」

「はい、普通にします」

庶民でしょう？　と清貴は得意げに言う。

「いや、ちゃうやろ。なんで中途半端にケチなん？」

「ケチだなんて人聞きの悪い。払う時は払って、締めるところでは締めたいんです。もっと言うと、払いたいものには惜しみなく払いたいですし、そうでないものはギリギリまで絞りたいんですよ」

清貴の話を聞きながら、なるほど、と小松は腕を組む。

「そう聞くと、たしかに商人っぽいな」

「つまり、あんたは、葵はんに関することになると散財してしまうわけや」

「散財って、その言い方はやめていただけませんか？」

清貴が顔をしかめるも、でもよ、と小松は話を続ける。

「それって、嬢ちゃんと『価値観が違う』ってことじゃないのか？」

「え」

「せやせや、夫婦が離婚する一番の要因は『価値観の相違』って言うやん。恋人同士でいちゃいちゃしているうちはさておき、今後ほんまに人生のパートナーになったら、『私、ホームズさんとは一緒にやっていけないかも』ってなるんちゃう？」

円生は葵の口ぶりを真似しながら言う。

見た目も声もまるで違うのに、しっかり葵の姿が重なるのだ。

すごいな、と小松は思わず感心した。

清貴は、そんな……、と真っ青な顔で口に手を当てている。

「せっかくのクリスマスです。何か身に着ける素敵なものをと思っただけで……それに、貯金がまったくないのでしたら話は別ですが、これでも、あちこちでがんばって働いているんです。支払い能力がある大人でありながら何も贈らないって、それこそ嫌らしいケチというか、そもそも彼女に失礼ではないですか？」

オロオロしている清貴の姿が面白く、思わず笑いそうになるが、必死で堪える。

小松は、こほん、と喉の調子を整え、この時ばかりはと年上ぶりながら言った。

「まぁ、あんちゃんの気持ちは分からないでもない。でも、嬢ちゃんがそれを望んでいないなら話は別だ」

「せやで。そこが価値観の違いってやつやん」

「…………」

清貴は口に手を当てた。

円生も笑いを堪えているのか、口の端をぴくぴくと引きつらせている。それでも冷静な表情を保ったまま、再び葵の真似をした。

「『私、庶民だし、やっぱり無理かもしれない。もし本当に結婚するなら同じ価値観の人の方がいいのかもしれない』――って、葵はんも近い将来、思いそうやな」

「やっぱ似てる。嬢ちゃんの物真似までできるなんてすごいな」

「せやろ。猿真似は得意なんや」

ふと見ると、清貴の顔が青を通り越して、土色になってきている。

少し可哀相になって、小松は助け船を出した。

「ま、だからこそ養おう、庶民感覚だな」

「庶民感覚……」

清貴は静かにつぶやいて、庶民感覚とは、とぶつぶつと話し出す。

「う……あんちゃん、真剣だな」

「なんや、庶民の子と付き合うた御曹司が悩んでるって感じやな」

たしかに、と小松が肩を小刻みに震わせる。

動揺していた清貴だが、二人の笑い声を聞き冷静さを取り戻したようだ。

ふぅ、と息をつき、面白くなさそうに円生に向かって一瞥をくれる。

「僕のことはさておき、円生、あなたはどうなんですか？」

すると円生の肩がぴくりと震えた。

「はっ、俺がなんやねん」

「ジウ氏のことですよ。彼は、あなたの絵を欲しいと思い、今も諦めていないそうですね。

それに対して、あなたは、はっきりした返事をしていないとか。どうなさるおつもりですか？」

ジウ・ジーフェイ（景志飛）は、ジウ・イーリン（景一琳）の父親であり、上海出身の実業家で、世界的な大富豪だ。円生の作品に魅入られた一人でもある。

清貴の問いに、円生はどこか拍子抜けしたような表情を浮かべる。

「その話やったんや」

「……他に何か？」

「いや、なんでもあらへん」

円生はごまかすように頭に手を当てる。

どうやら、葵に関することだと思ったのだろう。

小松がそんなふうに感じたのには、根拠があった。

クリスマスが過ぎ、町が年越しムードになる頃のことだ。

この部屋で円生と顔を合わせた際に、小松はイブのパーティのことをいろいろと話して聞かせ、そして訊ねたのだ。

『で、円生はどうだった？　久々に幼馴染と過ごしたんだろ。楽しかったか？』

そう問いかけると、円生は、せやな、と洩らし、『なんや、ユキに尻を叩かれたわ』と言って肩をすくめていたのだ。

きっと、幼馴染に、『彼女のことが好きなら、がんばってみたらどうだ』といったことを言われたのかもしれない。

小松がそんなふうに感じたくらいだ。清貴が察していないはずがないだろう。

だが、清貴は何も気付いていない素振りで、あえて含みのある言葉を続ける。

「迷っているんですか？」

小松の耳にはまるで、『告白しようかどうか迷っているんですか？』と言っているように聞こえる。

それは円生も同じだったようで、引き攣ったような顔を見せた。

「……何をや」

「絵を売ることを、ですよ」

にこりと笑って問う清貴に、円生は忌々しそうに舌打ちしてから、息を吐き出した。

「せや、やっぱり、『欲しい』て言ってくれるのは嬉しいんやけど……」

「今度は金額を言ってきたのですよね？」

「お見通しやん」

「ジウ氏は、いくらで買いたいと？」

「六千万やて」

ごほっ、と小松はむせる。

「ろくせんまん？」

小松が目を剥くも、清貴はいたって冷静に相槌をうつ。

「それで、あなたはどう思われたんですか？」

「ものすごい金額やて思う」

けど、と円生は不服そうに話を続けた。

「人気の絵画は、富豪の間で、もっとありえへん金額で取り引きされてることがあるやん？　あんなに入れ込んだ様子やのに、六千万なんやて気持ちもある」

円生は少し面白くなさそうに言って腕を組んだ。

たしかに富豪に人気の絵画となると、何億もの値段がつけられることがある。

六千万という金額は大きいが、自分の作品には『億』の価値がない、と判断されたことが円生は悔しいのだろう。

清貴は、ふむ、と相槌をうっている。

円生は言いにくそうに訊ねた。

「あんたはどない思う？」

「悪くないと思いますよ」

「…………」

「これは残念な話ですが、時に美術品は、マネーロンダリングなどに利用されてしまうケースがあります。そうなると――もちろんすべてではありませんが、『ありえない値段』が飛び出すものです。もし、あなたの作品に億の値段がついたなら、良くも悪くも『億の価値がある作品』というレッテルが貼られるわけで、今後良からぬ輩たちがあなたの作品を利用しようと考える可能性もあります。六千万という額は、あなたの作品が悪用されないようにという想いも込もっている誠実な金額ではないかと」

「マネーロンダリング……」

円生はぽつりと洩らして、腕を組む。

なるほどな、と小松はつぶやいた。

美術品の価値というものはあやふやなものだ。

そう思えば、資金洗浄にうってつけなのかもしれない。

清貴が言うように、それはとても残念な話だが――。

何より、と清貴は話を続ける。

「最初に何億ものお金が入ってしまったら、あなたは描かなくなってしまう可能性がある。

ジウ氏は、これからもあなたに描いてもらいたいと思っているのでしょう」

話を聞きながら、小松はぼそっとつぶやく。

「……俺が画家なら、六千万でも十分満足して描くのをやめてしまいそうだよ」

そんな小松の囁きをスルーして、清貴は訊ねる。

「展覧会を終えて、創作意欲は戻りましたか？」

うーん、と円生は唸り、頭の後ろに手を組んだ。

これまで円生には、さまざまなわだかまりがあった。

しかし、その迷いは展覧会を経て、晴れたように思える。

「気持ちはすっきりしたんやけど、意欲というものは湧いてけぇへん。もしかしたら、俺は何かあらへんと描けへんのかもしれへん」

「柳原先生のところでは、何かしら描いていたと聞いていましたが」

「落書きみたいなものや。『作品』とはちゃうし」

「別にそれで良いと思うのですが、今はそうしたものも描かれていないんですか？」

せやな、と円生は言葉少なに答える。

これまで円生は、父親の代わりに依頼を受け、ユキの生活のために贋作をつくり、葵を助けるために作品を描いた。

そういう『理由』がなければ、創作意欲が湧かないということか……。

クリエイターというのは難しいものだ。

しかし六千万円ももらったら、創作意欲など湧かなくても、もう良いのではないだろうか？

あらためてすごい金額だ。小松はしみじみ思い、金といえば、と顔を上げた。

「そういえば、この前、敦子さんに会ったんだよ」

田所敦子は、華道教室の先生だ。

その名を聞くなり、清貴は瞬時に気の毒そうな顔を見せた。

「敦子さん、どんな様子でしたか？」

「やっぱ暗い顔してたよ。まさか、あんな事件が起こるとはなぁ」

ふぅ、と小松は息を吐き出した。

円生だけはよく分かってないようで、顔をしかめて訊ねる。

「事件てなんやねん。また、何かあったんか」

クリスマス前、田所敦子を中心に、小さな事件があった。

敦子が娘のように可愛がっている浅井智花が婚約し、喜んでいたのも束の間、急にその男と別れさせようと画策し出したのだ。

その理由は、智花の婚約者・佐田豊と自分の息子・博樹が異母兄弟であり、前夫が持つ因果を受け継ぐのを懸念してのことだった。

結果、すべては丸く収まり、智花と豊は手を取り合い、また、初めて顔を合わせた異母兄弟の博樹と豊は交流するようになった。

清貴は少し驚いたように円生を見る。

「あなたは知らなかったんですね。新聞にも載りましたし、テレビのニュースにも流れたんですよ」

「あそこのぼんくら息子がついに捕まったん?」

「いえいえ、違いますよ」

「円生は、相変わらず歯に衣着せないな」

そう言いながらも、事件と聞いて息子のことだと連想するのは仕方ないだろうな、と小松は苦笑し、話を続けた。

「ほら、敦子さんは、ものすごいダイヤを所有してるだろ?」

ああ、と円生は相槌をうつ。

「二十カラットのブルーダイヤやな」

そうそう、と小松はうなずく。

それは宝石商だった敦子の父親が遺したものだ。

「家に保管しておくのが怖いから、博物館に寄託したって話やん」

『寄託』というのは、所有権は自分に残したまま、他の場所に預けるということだ。

そうなんだけど、と小松は話を続ける。

「敦子さんの店でも、イブにクリスマス・パーティを開いていたそうなんだ。その際に敦子さんは、あのブルーダイヤをつけたいと思っていて、一旦、博物館から戻してもらったらしい。敦子さんは無事、そのブルーダイヤをつけてパーティを開催できたんだけど、その夜に泥棒に入られて、ブルーダイヤを含めた宝石をいくつか盗まれてしまったらしい」

はっ、と円生が目を剥く。清貴が話を引き継いだ。

「その手口はどうもプロの仕業のようですよ。あのダイヤを博物館に展示するようになってから、世界中の富豪たちが『売ってほしい』と申し出てきたそうです。ですが彼女は『父の形見だから』と手放そうとしなかった。引く手数多のダイヤですから、良からぬ輩たちが虎視眈々と狙っていたんでしょう」

へぇ、と円生は洩らす。

「ほんであのオバハン、どないな顔してたん?」

「ゾンビみたいな顔をしながら、『やっぱり、あれは自分には過ぎた物やったんやな。手許になくなってしもたんはもちろん、あのダイヤを見ることができひんようになったのが、残念で仕方あらへん』って肩を落としててよ」

「残念どころではないでしょう。あのダイヤを相続するのに、結構な税金を払ったそうですし」

清貴は同情した様子を見せたが、ふぅん、と円生は洩らす。

「せやけど、昔はあの宝石を巡って家を燃やされたこともあったやん。手許にない方がええ、不幸の石なんちゃう?」

「たしかに、あのダイヤを巡って、いろいろあったよなぁ」

小松がぼそっとつぶやいて天井を仰ぐと、清貴がうなずいた。

「まるでホープダイヤですね」

ホープダイヤとはルイ十四世やマリー・アントワネットが持っていた大粒のブルーダイヤモンド。

持ち主を次々に不幸にしていったと言われる、曰くつきの宝石だ。

現在は、スミソニアン博物館に所蔵されているという。

「そういや、敦子さんの宝石も『オリエンタル・ホープダイヤ』なんて呼ばれていたみたいだな……」

そんな話をしていると、インターホンが鳴った。

小松はマウスに手を伸ばして、「はい」と来客を確認する。

画面の向こうには、上海の大富豪の娘・ジウ・イーリンの姿があった。

2

「あけましておめでとうございます。突然、ごめんなさい」

事務所を訪れたイーリンは、ソファーに座ると、日本人がするように両手を合わせた。

輪郭のハッキリした大きな目に通った鼻筋、艶やかな黒髪と、彼女は相変わらず美しい。

今日はそのまっすぐで長い髪をハーフアップにしていて、清楚な印象だ。

いえいえ、と小松は、イーリンの向かい側で首と手を振る。

「ようこそいらっしゃいました」

清貴はテーブルの上に人数分のコーヒーカップを置き、小松の隣に腰を下ろした。

円生は自分のデスクについたまま、今もトランプゲームを続けているようだ。

イーリンはというと、円生の方を見ないようにしている。

二人の間に何かあったのだろうか？

「あの、今日はお願いがありまして……」

小松と清貴は、はい、と答えて、彼女の次の言葉を待つ。

「今、父の知り合いのお嬢様が来日しているの。彼女はもうすぐ京都に来る予定で、その時にあなた方にガイド兼ボディガードをお願いしたいんです」

「そのお嬢様とは？」

「香港の富豪の一人娘よ。母親が日本人なので日本語は堪能でね。香港では誘拐なんかを警戒して、窮屈な思いをしているから、安全な日本では羽を伸ばしたいと……」

話を聞きながら小松の頬が引きつった。

「いや、誘拐の危険があるのは、日本も同じじゃないかと」

「彼女が日本に来ているのは、極秘だそうなの。香港では影武者が彼女の振りをして、家の中に籠っているそうで」

「影武者って、どんだけ富豪やねん」

と、円生が大袈裟に肩をすくめた。

清貴も苦笑しながら、イーリンを見た。

「……光栄ですが、そのようなお嬢様のボディガード、僕たち素人が務めるのは、いささか荷が重いように思えます」

せやせや、と円生が相槌をうつ。

「金持ちなんやろ？　ちゃんとプロの護衛を雇った方がええやろ」

イーリンは、もちろん、とうなずいた。

「彼女の父親が雇ったプロの護衛が常にガードしているわ。必要なのは町のガイドができて、とっさの時に彼女を護れて、そして……」

そして？　と三人は揃って、次の言葉を待つ。

「イケメンであることが大事みたいで……」

・・・・・・・・・・

そういうことか、と小松は納得する。

「これまで腕が立って、土地に詳しい男性を何人か手配したそうなんだけど、彼女が即座にクビにしちゃったの。それで、京都にはホームズくん、あなたしかいないと思ったのよ。小松さんにはそのサポートに加わってほしいと思って」

円生の役割はなかった。

どうやらイーリンは、今の円生はもう小松探偵事務所のスタッフではなくなっていると思っているようだ。

小松は、横目でちらりと清貴を見る。

その表情は冷ややかで、気乗りしていないのが伝わってきた。

それはそうだろう。

言ってしまえば、お嬢様のおもりだ。

「申し訳ございませんが、やはり、僕たちには……」

清貴の言葉にかぶせるように、イーリンは口を開いた。

「どうかお願いします。護衛はプロがサポートするから、ガイドに徹してもらえればそれでいいの。報酬はかなり良いと思うわ。ええと、一日、このくらいだそうで……お願いできるかしら」

イーリンはそそくさとスマホのアプリから計算機を出し、日給を表示して見せる。

はっきり言って、ありえない額だ。

小松は、気が付くと声を上げていた。

「喜んで！」

小松探偵事務所は、清貴と円生が手伝いにきてくれて、なんとかまわるようになった。

だが、一寸先はどうなるか分からない、いつだってギリギリの状態。

割の良い仕事は大歓迎だ。

「まぁ、ありがとう、小松さん！」

「いえいえ、がんばります」

小松はイーリンと握手を交わしながらも、怖くて隣を見ることができなかった。

すまん、あんちゃん、許してくれ！

小松は祈るような気持ちで、そっと清貴の方を見る。

清貴は目を緩やかに細めて、口角を上げている。一見微笑んでいるが、静かな怒りが伝わってきた。

小松の背筋が冷え、ひっ、と小声で呻く。

「……ですが、僕もすぐにクビになるかもしれませんよ？」

清貴は穏やかな口調で言って、小首を傾げる。

「きっと大丈夫だと思うわ。でももしそうなってしまったら、それはそれで仕方ないことよ。その場合、引き受けてくれたその日のギャラは出るから心配しないで」

必死そうに言うイーリンを前に、清貴は小さく息をつく。

「……ところで、そのお嬢様が上洛されるのはいつ頃でしょう？」

「ジョウラク？」

日本語に堪能なイーリンだが、『上洛』と聞いてもピンと来なかったようだ。

無理もない、日本人だって聞き慣れない者が多い言葉だろう。

「失礼しました。『上洛』とは、『京都に入る』ことを言います」

「ああ、上京のようなものね」

「ええ、そうですね。ですが、『上洛』の方が先にある、古い言葉なんですよ」

清貴は笑顔で、釘を刺すように言う。

相変わらずやな、と円生は顔をしかめた。

「お嬢様が上洛するのは、来週の木曜日よ。期間は三日間。大丈夫かしら」

清貴は胸ポケットから黒革の手帳を出して、スケジュールを確認する。

時代はすっかりデジタルだが、清貴はレトロな手帳を使っている。さすがだな、と小松は思う。

骨董品店の後継ぎだけあって、アナログを好むのだろう。

いや、それよりも、と小松は、清貴の腕を掴んだ。

「あんちゃん、仕事始めの挨拶の時、今月はいつ仕事が入っても大丈夫だって言ってくれたよな？」

「……そうでしたか？」

「ということで、小松探偵事務所は問題ないです」

清貴を押しのける勢いで小松が言う。

円生は面白いものでも見るように、肩を小刻みに震わせていた。

「良かった。よろしくお願いいたします」

イーリンは両手を組みながらホッとしたように言い、また連絡します、と会釈して、事務所を後にした。

「……小松さん?」

イーリンがいなくなるなり、清貴は問い詰めるように小松の名を呼んだ。視線を合わせると、今も口角は上がっていたが、恐ろしく冷たい目を小松に向けている。

「悪い、あんちゃん。こんな割の良い仕事なんて、滅多にないと思うんだ!」

小松は、即座に両手を合わせた。

すまんすまん、と謝り続けていると、円生がニッと笑って言う。

「オッサン、うまい話には落とし穴があるもんやで」

小松は、うっ、と呻いた。

清貴は、やれやれ、という様子だ。

「まぁ、小松さんが引き受けたことでイーリンの顔も立つようですし、とりあえずは、それで良しとしましょうか」

「ああ……、イーリン、なんだか必死だったな」

「きっとお父様から直々に頼まれたのでしょうね」

清貴はそう言った後、円生の方を向く。

「円生、あなたは、イーリンと何かあったんですか？」

俺もそう思った、と小松が声を上げる。

別に、と円生は微かに肩をすくめる。

「なんにもあらへん。強いて言えば展覧会の後、イーリンと飯に行ったやん？」

展覧会がオープンする前日、円生は自分の作品展示を確認した。

それで、実際に開催しても良いかどうかの結論を出すことになっていたのだ。

会場を見た円生はとても満足し、葵に展覧会の開催を許した。

その後、円生はイーリンと食事へ行っていた。

「結局どこのお店に行ったんですか？」

「あんちゃんが勧めたもつ鍋屋や」

考えるのめんどいし、と円生は素っ気なく言う。

おっ、と小松は目を輝かせた。

「イーリンは、もつ鍋を初めて食べたんじゃないか？」

「そうみたいやな。美味しい美味しい言うてたわ」

「良い雰囲気ではないですか」

清貴は、ふふっと笑う。

せやけど、と円生は肩をすくめる。

「イーリンが、これまで使っていたアトリエを見たいて言うてきたんや」

へぇ、と小松は相槌をうつ。

これまで使っていた円生のアトリエというと、化野念仏寺の近くにあるという古いアパートだろう。

「せやけど、そん時は遅い時間やったし、ほんなら後日て話になったんや。ほんで、少ししてからやな。イーリンから『アトリエに行ってもいいか』て連絡がきて、ちょうど俺もそのアパートにいたし、『別にええで』って住所を教えたんや」

小松と清貴は、黙って円生の言葉を待つ。

「イーリンは割とすぐ来たんやけど、想像以上に部屋がボロすぎてドン引きしたんやろな。靴を脱いで入るのに戸惑ってたんや。せやさかい、『お嬢様が無理して入らんでええし、もう帰ってくれへん？』て言うたら、『ごめんなさい』て何遍も謝ってついには泣き出してしもた。せやから、『これ以上、謝ったら二度と口利かへんし』って言うたら黙り込んでしもて、まぁ、そのままや」

イーリンは明らかに円生に気があったのだ。

円生のアトリエを見たいと言ったのは、彼の内側に入り込みたかったのだろう。

だが、そこに足を踏み入れることができなかった。

「それは、幼馴染と過ごす前の話なのか?」

「すぐ後や」

「あー、それは円生の方が泣きたい気分じゃないか?」

イーリンが足を踏み入れられなかったその部屋で、円生は幼馴染みのユキとクリスマス・イブを過ごしたというのに——。

別に、と円生は吐き捨てる。

「マジでボロボロやし、無理ないやろって感じやな」

円生はあっさりした様子だ。ふぅん、と清貴は天井を仰ぐ。

「古いアパートでしたが、かびているのは絵具くらいで畳が腐っていたりしたわけではないんですがね。何よりその前にユキさんと過ごしたわけですから、少しは換気もされていたと思うのですが……」

「あんちゃんは入ったことがあるのか?」

小松が問うと、ええ、と清貴は答える。

「三年くらい前でしょうか。あの時は、とんだ目に遭わされました」

「えっ、何があったんだ?」

小松が身を乗り出すも、なんでもあらへん、と円生はあしらい、話を戻した。

「ま、結局はイーリンもお嬢様。価値観がまるで違うてことやな」

「そうでしょうか。そう決めつけるのもどうかと思いますよ？」

清貴は腰を上げて、テーブルの上のカップをトレイに載せていく。

「あんちゃん、悪いな。片付けもそうだけど、その、イーリンの話……」

あらためて小松が言うと、清貴は微かに肩をすくめる。

「それについては、さっきの円生の言葉に同意ですよ」

「円生の言葉？」

「『うまい話には落とし穴』です」

清貴はそう言ってにこりと笑うと、トレイを手に給湯室へと入っていった。

年下の二人に釘を刺されて、小松はばつの悪さから身を縮める。

だがすぐに、たまにはうまいだけの話があっても良いだろう、と口を尖らせた。

しかし、そうは問屋が卸さない。

この仕事を引き受けたことで、とんでもない事件に巻き込まれるのだが、この時の小松はそんなことを露ほども思っていなかった。

第二章　近所の有名人

＊

「今日もアーケードは賑わっていますね」

骨董品店『蔵』の窓から外を眺めて、私は独り言のように囁いた。

お正月は過ぎているが、学生はまだ冬休み期間だ。

寺町や三条のアーケードは観光客で賑わっていた。

少し遅れた初詣に行く人も多いのか、着物姿の人も見受けられる。

いつもは通行人に素通りされる『蔵』だが、今はそうではない。

足を止めて、店先の小さなショーウィンドウを見る人たちもちらほらと出てきた。

今月は、『椿苑（つばきえん）』をテーマにした。

壁には、椿の絵の掛け軸を飾り、その側に朱色の番傘、同じ色の敷物の上に椿柄の茶碗と野点道具のセットを置き、竹筒に活けた紅白の椿も並べている。

そして椿の和歌も飾った。

椿の歴史は古く、万葉集にも椿について詠んだ歌が九首ある。

何が良いか迷ったけれど、私が一番心打たれたものを選び、書家でもあるオーナーに揮毫してもらった。オーナーは最近、私が店のディスプレイをがんばっているのを見て、書が必要な時は伝えるように、と言ってくれていたのだ。

選んだ椿の和歌は、長皇子が詠んだもの。

――我妹子を　早み浜風　大和なる　我松椿　吹かざるなゆめ――

意味は、『我が妻を早く見たい。早き浜風よ、大和で私を待つ松と椿に吹き忘れずに、伝えてくれ』というもの。

私を待つ、松と椿。

この『松』は、『待つ』と掛けていて、椿は『美しい人』を意味しているそうだ。

つまり、この歌を現代的に詠むと……、

「『ああ、早く愛しい妻の顔が見たい。疾風の浜風よ、どうか吹き忘れず、大和で待っている彼女に、僕のこの想いを伝えておくれ』……ですね」

背後からホームズさんに声を掛けられて、私の肩がびくんと跳ねた。振り返ると、ホームズさんはにこやかに微笑んで私を見ている。

私は頬を引きつらせながら、彼を上目遣いに見る。

「久しぶりに心を読まれた感じがしました……」

「いいえ、読んだのは、心ではなく口です」

「口？」

「葵さんの口許が微かに動いていたんですよ」

気恥ずかしくなって、私は口に手を当てる。

ホームズさんは、ふふっと笑って、ディスプレイの方に目を向けた。

「あの歌は長皇子が旅先で詠んだものと言われています。愛しい人に会いたい気持ちが溢れていますね」

「はい。皆さん、解説を読んで、胸キュンしてくれているようです」

一途な想いというのは、時代を超えて心に訴えかけるのだろう。

「ですが、書と解説だけ飾っても人に見てもらえるわけではありません。今回の展示も素敵だからですよ。椿の赤と白のコントラストが、新年のお祝いを連想させますし、何より掛け軸で椿苑に見立てた野点のセットが素晴らしいです」

ありがとうございます、と私ははにかむ。

「お礼を言うのはこちらの方です。このディスプレイを見て、『あの野点セットが欲しい』と言ってきてくれた方もいらっしゃったくらいです」

『野点』とは、屋外でお茶を点てて楽しむことを言う。

茶道具は茶碗と菓子器の他に、茶筅(ちゃせん)（茶を点てる道具）、茶巾(ちゃきん)（茶碗を拭く布）、茶杓(ちゃしゃく)（匙）、棗(なつめ)（抹茶を入れる容器）などがあり、それらを桐の箱や竹の籠に入れて持ち運ぶのだ。

ディスプレイに使ったのは、ダークブラウンの可愛らしい茶籠だ。

元々『蔵』に置いてあるセットは高価なものばかりだった。

しかし今回のディスプレイに野点道具を置きたい、と伝えたところ、ホームズさんは即座に求めやすい価格の野点セットをいくつか仕入れてくれたのだ。

「さすがですね、葵さん」

「いいえ、さすがなのはホームズさんです」

何を仰いますか、と私は頬を引きつらせながら返し、話を続けた。

「でも、ホームズさんがちゃんと『普通の人が求めやすい金額』のものを仕入れてくれていたのが、驚きでした」

「それはもちろん。僕はいたって普通の庶民ですし」

ホームズさんは、『庶民』の部分を強調させて言う。

「そうそう、昨夜はめざしを食べたんですよ。あとはスーパーで卵が特売だったので、厚焼き玉子も作りまして」

クリスマスのプレゼントについて話していた際に、『もう少し庶民感覚を分かっていただけると……』と私が言ってしまったことが尾を引いているのか、最近、ホームズさんは庶民アピールをしてくるようになった。

「夕飯は、めざしと卵焼きだけだったんですか？」

「他には、玄米に納豆、そしてしじみの味噌汁です」

彼は、どや、という顔で私を見る。

「…………」

庶民というより、一周まわって健康に気遣うセレブのようだ……と思ったけれど、口にするのはやめて、私は話題を変えた。

「そういえば、ホームズさん、今度、香港のご令嬢のガイド兼ボディガードを務めるんですよね？」

「ええ、来週の木曜からです。実のところあまり気乗りしないのですがね」

彼は小さく息をついて、憂鬱そうに腰に手を当てる。

ホームズさんはずっとオーナーの付き人だった。そのため、マネージャーのように付き添って人のお世話をするのは、彼の得意とするところだ。けれどホームズさんは『自分がそうしたいと思った相手』じゃなければ、煩わしく感じるタイプでもある。

気乗りしないというのは本心なのだろう。

彼の気分を紛らしてあげたいと店内を見回し、そうだ、と手をうった。

「ホームズさん、今度一緒に『若冲展』を観に行きませんか？」

来月、京都国立博物館で『若冲展』——江戸時代に活躍した絵師・伊藤若冲の作品展示会が開催される予定だ。

うちの店にも宣伝のポスターが届き、カウンター裏に貼ってあった。

「はい、ぜひ！」

彼は、満面の笑みで答える。

「実は僕も葵さんを『若冲展』に誘いたいと思っていたんですよ。招待状をいただいていましたし、何より若冲は僕にとって特別な存在なので」

「特別だったんですか？」

「ええ、彼はそこの錦市場の出なんです」

　そういえば、と私は相槌をうつ。

「たしか、『枡屋』っていう青物問屋さんの出身だったんですよね？」

　青物問屋とは、野菜の卸売り業者のようなもの。

「そうです。つまり、伊藤若冲は僕にとっては『近所の有名人』なんですよ」

　近所の有名人って、と私は思わず笑う。

「実は私、伊藤若冲の展示会に行ったことがなかったんですよ」

　寺などに飾ってあるものは観たことがあるけれど、展示会は初めてだ。

「そうでしたか？　それは少し意外です」

「行きたいと思いながら、たまたま忙しい時と重なってしまっていて……」

「今回の若冲展は有名な作品のほとんどが揃ったみたいですし、楽しみですね」

　はい、と私は力強くうなずく。

「僕もあなたとの博物館デートを楽しみに、仕事をがんばろうと思います」

「がんばってくださいね。応援してます」

　私が両拳を握ると、ホームズさんは「あかん」と口に手を当てた。

「また、そないな可愛らしいことを……抱き締めたいし。そやけど今は営業時間中。閉店まであと三時間、つまり百八十分で一万八百秒……三時間がこないに長いて」

「ホームズさん？」

「もう、葵さんも営業時間中に、あまり僕を煽らないでくださいね！」

「ええっ⁉」

私が目を丸くしていると、カラン、とドアベルが鳴った。

ホームズさんはすぐにいつもの表情になって、扉の方に目を向ける。

私も、いらっしゃいませ、と言おうとして、それを飲み込んだ。

来客ではなく、店長だったのだ。

「いやぁ、今日は暖かいね」

そう言って店長はカウンター前の椅子に腰を下ろし、鞄の中から紙の束を取り出す。

紙には手書きではなく、すでに打ち出された文章がプリントされていた。扉ページなどのデザインができあがっている、いわゆる『ゲラ』というもの。

店長は鼻歌交じりに、赤いペンを取り出し、ゲラをチェックしている。

原稿を執筆している時は、苦しそうな様子を見せることが多い店長だけど、できあがったものに赤字を入れる作業は、いつも楽しそうだ。

思えば、店長は元々、出版社の編集者。作品のブラッシュアップは、お手の物なのかもしれない。

ホームズさんはそんな店長の前にコーヒーを出し、そうだ、と手をうった。

「お父さん、小一時間ほど店番してもらっても良いですか？　葵さんを案内したいところがありまして」

「ああ、もちろん、構わないよ」

店長はにこやかに答える。

「では、葵さん、行きましょうか」

すぐさまジャケットを羽織るホームズさんに、私はぽかんとしながら「あ、はい」とエプロンを外して、ハーフコートに袖を通した。

扉を開けた時は冷たい風に身を縮める準備をしていたものの、店長が言ったように日差しが暖かい。私はふっと肩の力を抜いた。

「いいお天気ですね」

本当ですね、とホームズさんはうなずいて、「こっちです」と歩き始める。

一体どこに行こうと言うのだろう？

そういえばさっき、『抱き締めたいし』などと言っていた。もしかして、小一時間ほど二人きりになれるところに入ろうとしていたりして……？

決して嫌なわけじゃない。けれど、今は仕事中だし、何よりそんなつもりはなかったから、いろんな意味で準備ができていないわけで……。ど、どうしよう。

そういえば、この辺には、そ・う・い・うホテルもある……。

ふと、ネクタイをゆるめて迫ってくるホームズ姿が頭に浮かび、カッと頰が熱くなる。

そんなことを考えていると、ホームズさんの肩が小刻みに震えた。

「嫌ですね。僕はあなたをいかがわしいところに連れ込もうなんて思っていませんよ」

私はぎょっとして、ホームズさんを見る。

「また口が動いていました？」

「口ではなく、目です。少し泳いでいたので」

「失礼しました」

「いえ、僕も前科がありますから」

「前科……」

以前、ホームズさんに手を引かれて狭い路地に入ったことがある。

そこは人が一人通れる程度の路地だった。少し歩くと、ビルとビルの間にポッカリとできた空間に出たのだ。その時、彼は両手を広げてこう言った。

『――おいで、葵』と……。

あの時のことを思い出し、頰が熱くなる。

「もう一度あそこへ……と言いたいところですが、あの空間はなくなってしまったんですよ」

「えっ、そうだったんですか？」

「はい。隣接していた店の改装に伴いましてね。あの場所は子どもの頃に見付けて、自分だけの秘密基地だと思ってきたので、少し残念です」

「そういえば、私も小学生の時、友達と秘密基地を作ったことがあります。ホームズさんにもそんな可愛い頃があったんですね」

「ええ、幼い頃は無垢でしたよ。しかし成長した僕は、自分だけの秘密基地に大好きな女の子を連れ込んでいちゃいちゃしたりと、すっかり、いかがわしい大人になってしまいましたね」

まことに遺憾です、などと息を吐く彼に、私はごほっとむせる。

「ですが、あの時は、あの場所を葵さんに見てもらいたかった気持ちもあったんですよ。特別な場所だったので」

その時にホームズさんが見せた子どものような笑顔を思い出し、見られて良かったです、と私は頬を緩ませた。

「それで、今からどこに？」

ホームズさんは、そうですね、と口の前に人差し指を立てる。

「葵さん、伊藤若冲の縁の寺というと、どこを思い浮かべますか？」

いきなり問われて、ええと、と私は上の方を向きながら考える。

「今出川にある同志社大学近くの……相国寺（しょうこくじ）ですか？」

そうです、とホームズさんはうなずく。

「当時の相国寺の住持（住職）、大典禅師（だいてんぜんじ）（梅荘顕常（ばいそうけんじょう））が、若冲の才能を見出したと言われています。若冲もまた大典禅師を師と仰ぎ、慕っていたようで、相国寺にたくさんの作品を寄進しました」

私は黙って相槌をうつ。

「実はこの近所にも、若冲縁の寺があるんですよ」

「えっ、知らなかったです。どこですか？」

「裏寺町通の『宝蔵寺（ほうぞうじ）』です。そこは若冲の生家、伊藤家の菩提寺なんです」

裏寺町通――名前だけ聞くと寺町通の裏側のように感じるけれど、実際は河原町通と新京極通の間にある縦（南北）の通りだ。

距離は短いけれど、小さな寺が並んでいるのが印象的だ。

裏寺町通に並ぶ小さな寺々は、普段門を閉めているところが多い。

だが、『宝蔵寺』は開門していた。

境内に入ると、人で賑わっていて、少し驚いた。

突き当たりに本堂がある。

私たちは本堂を前に参拝をして、境内を見回した。

本堂の傍らには『伊藤若冲親族の御墓』という立派な墓石があり、手を合わせている人や、朱印を待つ人たちの姿も見受けられる。

まるで、聖地巡礼のようだ。

ここの御朱印帳と御朱印が人気なんですよ、とホームズさんが言う。その言葉通り、御朱印授与所には参拝客たちが列をなしていた。

寺務所にはいると、御守やお札とともに若冲の絵柄、『竹に雄鶏図』、『髑髏図』『鯉図』――などを表紙にした御朱印帳が並んでいた。

「若冲の人気が窺えるでしょう？」

本当ですね、と私はうなずく。

「土産に喜ばれそうですね。この『竹に雄鶏図』と『髑髏図』が表紙の御朱印帳って、円生さんとか好きそうだと思いませんか？」

そう言うとホームズさんはぴたりと動きを止めて、冷ややかな表情になった。

「ホームズさん、眉間に皺が寄ってますよ」

私がそう言うと彼は、失礼しました、と眉間の皺を緩める。

「……そうですね、若冲の御朱印帳はたしかに円生っぽいです。せっかくですから、お土産にしましょう」

と、ホームズさんは御朱印帳を手に取る。

その姿に私は嬉しくなった。

「円生さん、きっと喜びますね」

「どうでしょう、所詮僕からのお土産ですからね。むしろ忌々しく感じそうです」

「そんなことないですよ。時期的にもちょうどいいじゃないですか」

「時期的とは？」

ホームズさんは、少し不思議そうな顔をする。どうやら彼は知らなかったようだ。

「私もたまたま聞いて、知ってるんですけど」

私がその続きを言うと、ホームズさんは、へぇ、と洩らす。

「それでしたら、御朱印帳だけというのも心許ない気がしますね」

「円生さんは、『十分や』って言いそうな気がします」

そんな話をしながら、私たちは宝蔵寺を後にする。

寺の門を出て振り返ると、今も続々と参拝客が訪れているのが見えた。

「本当に人気ですね。でも、あのお墓は、若冲自身のお墓ではないんですよね？」

ホームズさんは、ええ、と首を縦に振る。

「宝蔵寺の墓は伊藤家の墓ですが、若冲の遺骨はありません。ただ、若冲の遺髪は埋葬されているとか。若冲自身の墓は『石峰寺（せきほうじ）』にあるんですよ」

「石峰寺……」

初めて聞く名前の寺だった。

「『石峰寺』は、日本三禅宗のひとつである黄檗宗（おうばくしゅう）の寺院です。場所は深草（ふかくさ）で、伏見稲荷大社の近くの高台にあります。若冲は晩年、宗教の原質を求めて黄檗山に入り、そこで石峰寺の住職と出会ったことで、五百羅漢（ごひゃくらかん）の制作をしました」

五百羅漢と聞いても、ピンと来ない。そんな私の様子を察してホームズさんはすかさず説明をしてくれる。

仏教において、最高の悟りを開いた者を『阿羅漢（あらかん）』というそうだ。

それが略されて『羅漢』となった。

『五百羅漢』とは『五百人の悟りを開いた素晴らしい者たち』の意。位の高い僧たちの像を指し、厳密に五百体ではなくても、『五百羅漢』と呼ぶという。

「『日本三大五百羅漢』と言われているのが、栃木県の『徳蔵寺』、神奈川県の『建長寺』、大分県の『羅漢寺』ですね」

そう話すホームズさんに、私は黙って聞き入る。

「石峰寺には、本堂の裏山に、今も若冲が制作した『五百羅漢』があるんですよ。かつては、千体以上あったそうですが、今は四百数十体だとか。生い茂った竹林の中にある石仏たちの姿はとても神秘的ですよ」

私はその光景を思い浮かべて、そっと目を細める。

きっと荘厳で、幻想的だろう。

「いつか行ってみたいです」

「ええ、ぜひ、今度行きましょう」

それじゃあ、帰りましょう、と私たちは手をつないで、『蔵』へと向かった。

第三章　ミッションスタート

1

そうして木曜日。約束の時間は、午前十時半だった。

「うー、眠ぃ」

小松は欠伸を噛み殺しながら、三十三間堂(さんじゅうさんげんどう)近くにあるホテル『ハインアット・ジェンシー』の敷地内に足を踏み入れる。

「同じハインアットでも、東京とはまた雰囲気が違うな……」

小松は元々、関東の人間だ。東京の『ハインアット・ジェンシー』をよく利用していた……と言いたいところだが、そうではなく何度も見掛けたことがあった。西新宿にそびえるハイグレードなホテルの前を通るたびに、ロビーでくつろぐセレブたちや、高い天井に吊るされているゴージャスなシャンデリアを見ては、すっげぇなぁ、と呆けていた。

一方、京都の『ハインアット・ジェンシー』は高さがない。

見たところ二階建て——いや、後ろの建物を合わせると五階建てだろうか。

「高さがないと、威圧感がないものだなぁ」

親しみやすいじゃないか、と洩らしていると、

「オッサン」

背後で声がしたので、小松は振り返る。

小松を『オッサン』と呼ぶのはただ一人。振り返るとやはり円生だった。帽子にジャケット、ジーンズという姿で、腕を組んでいる。

「なんだ、円生も来てくれたのか」

「ま、興味本位や。飽きたら離脱するし。ホームズはんは?」

「きっと、先に着いてるだろうな」

そんな話をしながら、ロビーに入る。

ロビーは和モダンな照明が並び、東京とは違ってしっとりと落ち着いた雰囲気だ。

しかしセレブがソファーで談笑しているのは、ここも変わりはない。

小松と円生が居心地の悪さを感じていると、ロビーのソファーで新聞を読んでいた男がすっくと立ち上がった。

「小松さん、お疲れ様です」

――清貴だ。

相変わらず、スマートな立ち居振る舞いで、にこやかに歩み寄る。

ダークグレーのスーツがよく似合っていて、眩しいほどだ。

「おお、あんちゃん。こういうところにいたら、若手のイケメン実業家みたいだな」

ふん、と円生は腕を組む。

「どうせ、これ見よがしに英字新聞でも読んでたんやろ」

「いえ、京都新聞の地元特集ですよ」

「地元特集て」

「……それもまた、安定のあんちゃんだな」

彼のこういう部分に、安心もする。

清貴は、円生の顔を見て、ふっと笑う。

「それにしても、やっぱり来られたんですね」

「なんや、あかんのか」

「いえ、ちょうど良かったと思いまして」

清貴はポケットの中から、黒い表紙の御朱印帳を出した。

表紙には、髑髏と鶏の絵が描かれている。

「なんやこれ。若冲か」

「ええ、少し早いですが、これをあなたに」

はっ？　と円生が目を見開く。

「あなたっぽいでしょう？　特に『髑髏図』とか」

「俺が『髑髏図』て。なんや中二っぽい。ほんで少し早いってなんやねん。新手の嫌がらせなん？」

いきなりの贈り物に、円生は戸惑った様子を見せる。

それは傍で見ていた小松も一緒だった。

「実は、葵さんがこの御朱印帳を見て、『円生さん、好きそう』と仰っていましてね。今にもあなたのために購入しそうな雰囲気だったので、僕が手に取りました」

つまり清貴は、『葵が円生に直接プレゼントするのを阻止するため』に、先に自分が買った（受けた）ということだ。

これもまた、清貴らしい。

「そういうわけなので、好みではなかったのでしたら……」

清貴は残念そうに再び御朱印帳をポケットの中に入れようとする。円生は御朱印帳をつかんで、それを阻止した。

清貴から贈られたとはいえ、選んだのは葵だ。

円生が嬉しくないはずがない。

「別に、嫌とは言うてへんし……」

「ああ、そうでしたか。ではどうぞ」

清貴は御朱印帳を差し出す。口角は上がっているが、目は笑っていなかった。

「おおきに」

一見なごやかな光景なのに、火花が散って見えるのはなぜなのか……。

小松が顔を引きつらせていると、清貴は何かに気が付いたようにエレベーターの方に目を向ける。

「いらっしゃったようですね」

三十代前後の男性が会釈をしながら、こちらに向かってきた。

仕立ての良いグレーのスーツに眼鏡を掛けた、清潔感のある青年だ。エリートサラリーマン、もしくはデパートなどの外商員のようにも見える。

「はじめまして、小松探偵事務所の皆さま、ですよね？　君島（きみしま）と申します」

と、彼は名刺を出す。

小松と清貴もすぐに名刺を出して、君島と交換する。

円生だけは、自分には関係ないという顔でその様子を眺めていた。

君島と名乗る青年の名刺は裏が英語、表が日本語だった。

日本語の方には、『華亜（ファーヤー）コーポレーション　君島英司（えいじ）』と記されている。

香港に拠点を置く、IT、配送、貿易、不動産、アパレルなどを取り扱う大企業だ。

「そして、家頭清貴さん。あなたのことはイーリン様に伺っております。このたびは、ガイドをお引き受けくださいまして、ありがとうございます」

君島は清貴を前に頭を下げて、お嬢様について簡単に説明を始めた。

とはいえ、事前にイーリンからも聞いていたことばかりなのだが、今回、小松探偵事務所がガイドをすることになったお嬢様は、華亜コーポレーション代表・周浩宇（チョウ・ハオユー）の一人娘だという。

お嬢様の名前は、周梓萱（チョウ・ズシュエン）、二十歳。

「お嬢様は、日本語が堪能だとか」

小松が問うと、君島は、はい、とうなずく。

「お嬢様は、かつてご自宅でお母様と日本語で会話をなさっていました。ですので、『日本語が堪能』というレベルではなく、ごく普通に話せるんですよ」

そう言って君島は、話を続けた。

「私は代表の秘書の一人なのですが、これまでお嬢様が出かける時は、ガイド兼付き人を務めてきました。ですが、東京で粗相をしてしまい、役を降ろされてしまいまして……今は少し離れたところで、彼女の護衛をするチームに加わっています」

粗相？　と清貴が問う。

「東京で、私はお嬢様に買い物を頼まれたのですが、お嬢様が指定したものとは違うものを買ってきてしまったんですよ。それで……」

はっ、と円生が顔をしかめる。

「そんだけのことでクビにするんか？」

「あ、いえ……いつもはそれだけのことでお役御免にはならないのです。お嬢様もいろいろありまして。で、その後、ガイドを手配したのですが、ことごとくクビに……。私もどうして良いか分からず、代表に相談したんです」

そうして代表がジウ氏に相談し、ジウ氏がイーリンに任せた、という流れのようだ。

ふむ、と清貴は顎に手を当てる。

「これまでクビになったガイドたちは、どのような方々だったんでしょうか？」

「それはもちろん、お嬢様のガイドですから知識があって、なおかつ咄嗟の時に彼女をガードできる腕が立つ者が揃っていました。そのため、どうしても筋骨隆々の男性ばかりになってしまったんです。おそらくそれがお嬢様のお気に召さなかったようで……ですので、あなたのような方が来てくれて、本当に嬉しいです」

君島は、清貴の端麗な容姿と細身のスタイルをあらためて見て、熱っぽく言う。

「……僕も、すぐにお役御免になってしまうかもしれませんよ？」

「いえいえ、きっと大丈夫だと思います」

そう言う君島に、小松と円生も思わず、うんうん、とうなずく。

清貴は胸に手を当てて、にこりと微笑んだ。

「ありがとうございます。自分なりにがんばらせていただきます」

ああ良かった、と小松も胸を撫でおろす。

乗り気じゃない様子だったから、心配していたのだ。

「では、こちらです」

君島はエレベータへ向かって歩き出し、清貴、小松、円生はその後に続いた。

案内された先は五階――このホテルの最上階の部屋だった。

部屋に足を踏み入れると、まずはシックなリビングが目に入る。

ホテルというと、デスクとベッドが詰め込まれたビジネス仕様の部屋にしか小松は泊まったことがない。

「すごいな」

だが、このリビングにベッドは見当たらない。隣の部屋がベッドルームなのだろう。やっぱりスイートルームかぁ、と小松は小声でつぶやく。

リビングには、テーブルを囲むようにソファーがあり、窓の向こうには、京の町が広がっている。

件のお嬢様は、一人掛けソファーにどっかりと座っていた。

パッと見た時の感想は、『ハリウッド映画に出てきそうな東洋美人』だった。

顎のラインに切り揃えたストレートヘア。前髪が長く、横に流している。卵型の小さな顔、鼻筋は通っていて小鼻が小さい。唇はふっくらとしていて、目は切れ長。

何よりインパクトがあるのは、長い睫毛。マスカラなのか、付け睫毛なのか分からないが、今にもバサバサと羽ばたいていきそうな存在感だ。

服装は、デコルテのラインが強調されたニットのトップスにレザーのロングスカートとシンプルだ。

だがその一方で、首には大きなダイヤが光るネックレス、手首にはゴールドのブレスレットが光っていて、存在感を放っている。

『お嬢様、京都を案内してくださるガイドの家頭清貴さんです』

君島が英語で伝えると、彼女はちらりと清貴に一瞥をくれる。

そのまま足の先に引っかけていたハイヒールを手に取って、清貴に向かって勢いよく投げつけた。

清貴は飛んでくるハイヒールを前に、なんの反応も示さなかった。

避けることも、受け止めることもしなかったため、ハイヒールは清貴の体にぶつかり、床に転がる。その瞬間、お嬢様は、あはは、と声を上げて笑った。

「まったく反応できないなんて、これまで来たガイドの中で一番ぼんくらじゃない！　君島ってば、今度は顔だけで選んだの？　ほんと死んだ目だわ」

彼女は、手を叩いて笑う。

死んだ目、と聞いて、小松はちらりと君島の方を向く。

彼は、明るく溌溂としたタイプではないが、生気がないわけではない。なかなかの好青年だ。死んだ目はしていないように思える。今はオロオロとした様子だが……。

ふん、とお嬢様は鼻で嗤って、清貴の方を向く。

「でも、いいわ。こんな平和ボケした日本で本格的なボディガードなんて必要ないし、どうせ一緒に歩くなら美男子の方が気持ちが良いものね。とりあえず採用にしてあげる」

その言葉に君島はホッと胸に手を当て、小松は冷や冷やした心持ちで両手を組み、円生はというと、笑いを堪えるように口に手を当てた。

「清貴といったわね。その靴を履かせてちょうだい。どんなにぼんくらでもそのくらいはできるでしょう？」

お嬢様は頬杖をついて、清貴に向かってつま先を向けた。

清貴は、にこりと目を細める。

「お断りいたします」

はっ？　と訊き返す彼女を前に、清貴は両手を広げて大袈裟に肩をすくめた。

「もしかしたら、お嬢様はご存じないかもしれませんが、それは、ガイドの仕事ではありませんので」

あんちゃんっ！　と小松は手で顔を覆う。

清貴の気持ちは分かる。

分かるのだが、もう少しオブラートに包んで……。

その横で「安定やな」と円生は愉しげに肩を揺らしている。

お嬢様は君島の方を見て、デザート、と面白くなさそうに言っている。腹が立ったから、甘いものを出せと言っているのだろうか？

君島は、弱ったように、お嬢様に耳打ちした。

「お嬢様、あの、彼はジウ氏の紹介でして……」

すると、お嬢様は小さく息をついて、清貴の方を向いた。

「……そうね、たしかにガイドの仕事ではなかったわ」

態度が変わった。このお嬢様にとっても、ジウ氏の存在は大きいようだ。

「それじゃあ清貴、その靴、返してもらえる？」

清貴は自分の足元に転がっているハイヒールを拾って、彼女に向かって、ぽいっと放り投げた。

お嬢様はぎょっとしながら、ハイヒールを受け取る。

「なっ、どうして投げてくるのよ⁉」

「ああ、失礼しました。これがあなた流なのかと。郷に入れば郷に従えの精神でつい。ですが、お嬢様は僕と違ってぼんくらではないようですね」

清貴は花が咲くように笑って、ナイスキャッチです、と親指を立てる。

あんちゃんんんんっ！

小松は頭を抱え、円生は堪えきれなくなったように、ぷっと噴き出した。

「何よ、この男、いくらジウ氏の紹介だとしても、性格悪すぎじゃない？」

お嬢様が舌打ちすると、君島が慌てて言う。

「ああ、お嬢様、彼は京都のスペシャリストだそうです。楽しみですね」

お嬢様は片目を細めながら、へえ、と洩らす。

「それじゃあ、京都のスペシャリストさん、私をとびきりインパクトが強いところに案内してちょうだい。そうそう、清水寺や金閣寺、八坂神社、あと伏見の稲荷とかは行ったことがあるから、そういう超有名どころ以外でね」

立ち上がるお嬢様に、清貴は、かしこまりました、と一礼する。

「その前に動きやすい服装に着替えてください。靴も、スニーカーが好ましいでしょう。境内は砂利も多いので」

お嬢様が何か反論する前に、君島が声を張り上げた。

「そうですね！　足をくじかれたら大変ですし」

ミッション1：インパクトの強い京都

清貴が、お嬢様を案内した先——そこは、祇園の安井金比羅宮だった。

『縁切り神社』として知られ、境内にはおびただしい数のお札が貼られた巨石がある。

その石の中央には、トンネルのようにぽっかりと穴が開いていた。

「な、なによ、これ……」

お嬢様は、険しい表情でつぶやく。

今、彼女はレザーのジャケットにジーンズ、そしてスニーカーという活動的なスタイルに着替えている。

小松と円生は、少し離れたところから二人を観察し、一度粗相をした君島は同行を禁じられているようで、ワンボックスカーの中で待機していた。

清貴のピンバッチには、カメラとマイクが内蔵されている。カメラが捉えた映像は車の中で待機している護衛班の許に届いていた。

ちなみに、小松の耳にもイヤホンを通して音声が届いている。

なおかつ、念のためと小松もカメラ付きピンバッチを胸につけていた。

『前みたいにカメラ付き眼鏡にしないのか?』

と小松が訊ねると、

『一応ガードの役目もありますので、眼鏡はいろいろと邪魔になってしまいますから』

清貴はそう答えた。

動き回った際に邪魔になるのはもちろん、眼鏡の縁が視界のほんの一部を遮るのが鬱陶しくなるという。

小松も時々眼鏡を掛けるのだが、眼鏡の縁が視界の邪魔になるなどこれまで感じたことがなかったため、『へぇえ』と間抜けな声しか出なかったのだが……。

清貴はいつもの調子で説明を始めた。

「ここは安井金比羅宮といいます。この神社の歴史は古く、天智天皇の御代――飛鳥時代まで遡ります。創建したのは当時の大貴族、藤原鎌足でした。ここに紫色の藤を植えて『藤寺』と号し、家の繁栄と子孫の長久を祈ったことが始まりだそうです」

ふぅん、とお嬢様は相槌をうつ。

「四百年以上の年月が経ち、その頃に在位していた崇徳天皇が、ここの藤を好みまして、寵妃である阿波内侍を住まわせたのです」

その説明を聞きながら、お嬢様は何も言わずに黙り込んでいる。

目を凝らして顔を見ると、険しい表情を見せていた。

こういう説明を鬱陶しく思っているのかもしれない。

「その後、崇徳天皇は上皇となったのですが、保元の乱に敗れて讃岐――今の香川県ですね――で崩御されました。寵妃・阿波内侍は悲しみの中、上皇より賜った自筆の御尊影を観音堂にお祀りしたのです。そうしたこともあり、やがて、その崇徳天皇がここの主祭神となるのですが……」

清貴は話を続けた。

「彼は生前、一切の欲を断ち切り、讃岐の金刀比羅宮に籠りきって祈願したそうです。そのことから、ここは『断ち物』の祈願所として信仰されてきたのです」

「『断ち物』って？」

「『縁切り』です。あのお札が貼られた石は、『縁切り縁結び碑』と呼ばれ、あの穴をくぐることで『悪縁を切って、良縁を結ぶ』と言われています」

インパクト大でしょう？　と清貴はにこやかに言う。

「たしかにインパクトはあるけど……。なんだかあの石、おどろおどろしくない？　今にもずるずると動き出しそうよ」

お嬢様は顔をしかめて、『縁切り縁結び碑』を見やる。

おどろおどろしい、という言葉に小松は小さく笑う。

本当に日本語が堪能なようだ。

そして言われてみれば、今にも動き出しそうな不気味さがある。

「お嬢様、『おどろおどろしい』だなんて失礼ですよ。まぁ、たしかに自分の力ではどうしようもない悪縁を断ち切ってきた碑。これまで多くの人が藁にもすがる想いであそこをくぐってきたことでしょう。多くの人の苦しい想いや無念が染みついているとは思います」

小松は話を聞きながら、背筋が寒くなった。

ふと振り返り、境内に掛けられた絵馬に目を向ける。

『ＤＶ夫と縁が切れますように』

『パワハラ上司がいなくなりますように』

『どうか、ストーカーが私のことを忘れてくれますように』

……といった、思わず身を縮めるような切実な願いがしたためられていた。

お嬢様が怯んでいるのが、伝わってくる。

「清貴、あなたはくぐったことがあるの？」

いえ、と清貴は手と首を振る。

「空恐ろしさを感じるので、まだくぐったことがないです」

おかげで悪縁が切れないまま、今も側にいるのですが、と清貴は付け加える。

これは円生のことだろう。

小松がちらりと視線を送ると、円生は露骨に顔をしかめていた。

はぁ？　とお嬢様は声を裏返す。

「どうして自分はくぐってもいないのに、人に勧めるわけ？」

「ここの効果は絶大と評判です。人生を変えたい人におすすめですし、何よりあなたを取り巻くおぞましい悪縁を断ち切れるのではないかと」

チャンスです、と両拳を握る清貴に、お嬢様はムキになって声を上げる。

「そんなおぞましい悪縁なんてないわよ！」

「えっ、そうなんですか？」

「心底意外そうな顔しないで！」

そう叫んだお嬢様に、小松は思わず噴き出した。

大体ね、と彼女は手を広げて話す。

「たしかにこれはインパクトあるけど、私が求めているのは、こんなんじゃないのよ。もっと違う、そうね、感動できるところはないの⁉」

「そうですか。もう、仕方ないですね」

やれやれ、と清貴は息をつく。

「あなた、ガイドなのよね？　どうして上からなわけ？」

「上からだなんてそんな」

清貴は、ふふっと笑っている。

少し離れたところで様子を見ていた小松と円生は、思わず顔を見合わせた。

「ホームズはん、今すぐにでもクビになろうとしとるやろ」

「だよな、薄々気付いていたけど……」

小松は息を吐き出すように言って、額に手を当てる。

この仕事は元々、断ろうとしていたところを、小松が勝手に引き受けたものだ。

その上お嬢様が傍若無人ときたら、早々にクビになって引き上げようとしても無理はないだろう。

清貴の気持ちは、十分に分かる。分かるのだが、もう少しがんばってほしい。

ミッション2：感動できる京都

次に、清貴がお嬢様を連れて行ったのは、安井金毘羅宮から歩いてすぐの場所。

六波羅蜜寺（ろくはらみつじ）の目と鼻の先にある一軒の店だった。

そこには、『幽霊子育飴』と書かれた看板がかかっている。

「幽霊子育て飴って書いてるのよね……？」

お嬢様は怪訝そうに洩らして、清貴の方を向く。

「ここは一体なに？」

「ここには、逸話があるんですよ」

清貴は胸に手を当てて、説明を始める。

時は、慶長四年（一五九九年）。

毎晩のように、女性がここに飴を買いに訪れていたという。

「不思議に思った飴屋のご主人はですね、女性の後を付けてみたんです。すると彼女は墓地に、すぅう……と吸い込まれるように消えていってしまったんです」

清貴は声のトーンを落として話す。

彼女が微かにのけ反ったのが分かった。

「店の主人は驚いて、女性の姿を探すと、なんと彼女が消えてしまった墓の下から、泣き声が聞こえてきました」

「な、泣き声？」

こういう話が苦手なのか、彼女の声が上ずっている。

「そうです。すぐに掘り起こすと、なんとそこには、飴を持った赤ん坊がいたんです」

「それってどういうこと？」

「おそらく、なんらかの事情で母子ともに埋葬されてしまったんでしょうね。ですが、赤ん坊はまだ生きていたので、母は死して幽霊になっても、我が子の身を案じて毎夜飴を買い求めていたんです」

母の愛ですね、と清貴は熱っぽく言って口に手を当てた。

お嬢様も感動したようで、指先で目頭を押さえている。

「感動的な場所でしょう？」

ねっ、と得意げに言う清貴に、お嬢様は我に返って顔を背けた。

「別に、そんなの不確かな話じゃない」

「ちなみに、その時助けられた赤ん坊は、後に高僧になったそうです。母の霊に助けられた子が、霊を導く僧になる。これもまた、胸が熱くなる話ですよね」

「そう、ね……」

お嬢様はうなずきかけて、気を取り直したように顔を上げる。

「たしかに感動かもしれないけど、こういうおどろおどろしいところじゃなくてね、もっと素敵なところがいいのよ。そういうの分からない？」

「それは申し訳ございません、いかんせんぼんくらなもので」

「私がぼんくらって言ったのを根に持ってない？」

「いえいえ、本当のことですので」

「絶対根に持ってるじゃない。まぁ、いいわ、私はね、他の人がしてないようなことがしたいの。特別な体験をさせてちょうだい！」

「分かりました。特別な体験ができる場所に案内いたします」

清貴は胸に手を当てて、そっと会釈する。

頼むわよ、とお嬢様は鼻息荒く言う。

「いや、ほんとに頼むよ、あんちゃん」

小松は祈るような気持ちでつぶやいて、そうだ、とスマホを取り出してメールを送る。

すると、返事はすぐに届いた。

小松は救われた表情で、スマホを胸に抱きながら、円生の方を向く。

「悪い、円生。ひとつ頼まれてくれないか？」

はっ？　と円生は大きく目を見開く。

ミッション3：特別な体験ができる京都

「なによ、この階段！　ボロボロでめちゃめちゃグラグラしてるじゃない！」

お嬢様は、まるではしごのように細く急な階段を登りながら、悲鳴のような声を上げている。

次に清貴がお嬢様を連れてきたところ……。

それは、八坂神社から清水寺へ向かう途中にある法観寺の八坂の塔だった。

おそらく、京都東山へ観光に来た者ならば、誰もが一度は目にしたことがあるだろう、有名な五重塔だ。

小松も何度も目にして馴染みのある歴史的建造物だったが、この塔の中に入ることができるというのを知らなかった。

塔の中は決して広くなく、中心の太い心柱が塔を支えていた。

その心柱を本尊の五智如来像が囲んでいる。

本尊を参拝してから上層へと向かうのだが、塔の中の階段は慣れぬ者ならば怯むほどに細く急だった。

お嬢様は今、その階段をへっぴり腰で登っている。

そのすぐ下で、清貴が満面の笑みを見せていた。

「素晴らしいでしょう！　この八坂の塔は室町時代に再建された重要文化財です。そんな歴史的建造物の中に入ることができて、そのうえ、二層目までですが登れるなんて、夢のようではありませんか？」

「たしかにね、特別な経験をしたいって言ったわよ！　けど、なによこの不安定さ！　足を踏み外して、落ちたらどうしてくれるのよ！」

「大丈夫です。その時は僕がしっかり受け止めますので」

「あなたみたいな、ぼんくらでヒョロヒョロが？」

「ええ、ぼんくらでヒョロヒョロでも、そのくらいはできますよ」

「あっ、分かった。あわよくば、私の体に触れたいと思っているんでしょう」

「馬鹿にするのはやめていただけませんか？」

清貴は間髪を容れずに低い声で言う。

「ぼんくらでヒョロヒョロって言っても怒らなかったのに、そこで怒るわけ？」

「ええ、僕が触りたいと思うのは、婚約者ただ一人ですので」

その言葉に、小松はごほっとむせた。

「誰も訊いてないわよ、そんなこと！」

「触りたいのは、婚約者ただ一人なんです」

「なんで二回言ったわけ？」

「大事なことなので」

「ったくどうでもいいわよ、そんなこと」

「それは失礼しました」

「まぁ、あんたみたいな性格の悪い男と婚約しているんだから、きっと心が広い方なんでしょうね」

「心外ですね。僕はよく、『良い性格をしてる』って言われますよ」

「それ、絶対意味違ってるわよね？」

「ですが、彼女の心が広いのはその通りです。本当に……僕にはもったいないくらいの素敵な女性でして」

「だから訊いてないし、知らないわよ」

なんなのよもう、と舌打ちしながら、お嬢様は二層目に上がっていく。

「わ……」

二層目に到達したのだろう、彼女は言葉を詰まらせた。

これは小松もこの後に登って知るのだが、二層目からガラス越しに東山の町並みを望むことができる。

現在の京の町を前に、あらためて塔の中を見ると時代のギャップに不思議な気持ちになるのだ。

当時の技術と、塔を支える心柱の存在に感服し、何より、このような歴史的建造物が今の世まで残り、なおかつ中に入れるということに感動を覚えた。

それはお嬢様も一緒だったようで、

「……たしかに、特別な体験ではあったわね」

塔から出た彼女は、少し悔しそうに言う。

「それは良かったです」

と清貴は言い、境内を見回して、小松に訊ねた。

「そういえば、円生の姿が見えなくなりましたが、帰ったんですか？」

あーいや、と小松は頭を掻いた。

「またここに来るよ。ちょっと俺も登ってくるから、待っててくれな」

「はい、僕たちは境内の社を詣ってますね」

ここには木曽義仲（きそよしなか）の首塚がありまして……と清貴は境内にある鳥居へ向かって歩きながら、説明をしていた。

小松が塔の見学を終えて、建物から出た時、お嬢様は、ねぇ、と腕を組んだ。

「そろそろ、お腹が空いたんだけど。せっかくだから、京都らしいところでランチを食べたいわ」

時計を見ると、もう昼だ。言われてみれば、小松も空腹だった。

「そうですね。ランチはこの近くでと考えていました。そろそろ予約時間になりますので、行きましょうか」

「予約してたのか」

小松が驚きながら洩らすと、ええ、と清貴はうなずく。

どんなに気乗りせず、好き放題やりながらもガイドだけはしっかり務めているのはさすがだ、と感心させられた。

ミッション４：京都らしいランチ

清貴がランチに選んだ店には、法観寺から歩いて五分たらずで辿り着いた。

湯豆腐で有名な老舗だ。

南禅寺(なんぜんじ)近くにも店舗があるという。

庭が見渡せる和室に通され、湯豆腐のセットが届く頃、お嬢様はすっかりご機嫌な様子だった。

「豆腐は、私たちの間でとても人気があるのよ。時代はマクロビよね」

「あなたはマクロビを？」

マクロビは、マクロビオティックの略。玄米、全粒粉を主食とし、主に豆類、野菜、海草類、塩から組み立てられた食事であり、肉などは摂取しないという。

この健康法を取り入れている海外セレブも多いという。

「本格的にやっているわけじゃなく時々ね。私はうちのアパレルブランドのモデルをすることもあるし。だからこういう日本食は歓迎よ。ここは合格点をあげるわ」

そう言ってお嬢様は、湯豆腐を口に運ぶ。

部屋の外には、彼女の護衛が待機していた。

さすがセレブだな、と小松が感心していると、清貴が確認するように問うた。

「躊躇いなく食事をされていますが、毒見などはしなくても良かったのでしょうか？」

あはは、とお嬢様は笑う。

「パパが心配しているのは、私が攫われることだけよ」

「誘拐、ですか」

「そう、パパはみんなが欲しがるものを手に入れた人だから。私の毒殺の心配はしてないわ。だから気にせずなんでも食べるわよ」

「それは良かったです。では、僕もいただきます」

清貴は手を合わせて、食事を始める。

見目麗しい若い男が美しい所作で食事をするのは、人の目を惹くものだ。

通り過ぎる若い仲居が頬を赤らめながら、清貴をチラチラと見ていた。

お嬢様はその視線に気付いたようで、ふふっと笑う。

「清貴は本当に、見た目だけは良いわよね」

「中身はぼんくらですがね」

すぐにそう返す清貴に、小松はごほっとむせ、お嬢様は苦笑する。

「やっぱり性格は悪い。でも、その外見ならモテるでしょう？」

「いえ、そんなことは」

「婚約者以外の女の子に言い寄られたりしないの？」

「しませんね」

「それは嘘よ」

「いえ、本当に。いかんせん僕は性格が悪いので」

「また、嫌味っぽい。ねぇ、小松って言ったわよね。この男はモテるわよね？」

いきなりお嬢様に話を振られて、小松は少し驚きながらも、ええと、と口を開く。

「モテるといえばモテるけど、今みたいにチラチラ見られる程度で、思えば女の子に言い寄られている姿はあんまり見たことないなぁ」

祇園のご婦人方にも大人気だ。

しかし、真剣に言い寄られているかというと話は別だ。

「あんちゃん——この男は自分の周りに壁を作ってるのと、婚約者に夢中というのは周知の事実なんで、安易に近付けないいんだと」

そう言うと、お嬢様は、ふぅん、と洩らす。

「それじゃあ、清貴。もし、『見た目も中身も百パーセント自分好み』っていう彼女以外の素敵な子に言い寄られたらどうする？」

「どうもしませんよ」

「その子が、『あなたに彼女がいてもいい。私は二番目でいいから』って、建前じゃなくて本心から言ってきたら？」

「『僕はいりませんので、遠慮します』と伝えますね」

即座に答える清貴に、小松は思わず笑い、お嬢様は目を丸くする。

「本当に、婚約者を愛してるのね」

愛してる、などと気恥ずかしい言葉をごく普通に口にする彼女を見て、やはり日本人とは違うな、と小松は目をそらす。

しかし、清貴は「はい」と躊躇いもなくうなずいた。

「それじゃあ、もし、そんな最愛の婚約者が、先に亡くなってしまったら、あなたはどうするの？」

「え……」

清貴は動きを止めて、目を大きく見開いた。

どうするんでしょう？　と静かに洩らす。

「自死はしないと思いますが、彼女のいない世界をどう生きたら良いのか分からないですね……」

「そんなこと言って、最初は悲しむけど時間が経ってしまえば、他の人に恋をするわよね」

「それはないと思います。僕はきっと出家したような生活を送るでしょう。ですので、他の人と次の恋なんてできる気がしません」

清貴は遠くを見るような目をして、囁くように言う。

ふん、とお嬢様は鼻息を荒くした。

「随分、頭に熱が上がっているようで素敵ね」

「ありがとうございます」

嫌味よ、とお嬢様は顔をしかめる。

「だけど人の心なんて変わるものよ。結婚式で『死が二人を分かつまで』って神父が言った後に『死が二人を分かつとも、自分はあなたをずっと愛してます』なんて誓っていながらも、いつかは、そんな約束を忘れる人もいるんだから」

いやに具体的だ。小松の中で何かが引っかかり、メールをチェックする振りをして、彼女の家について調べ始めた。

ちょうどその時、ブブッとスマホが振動し、円生から連絡が来た。

『着いた。店の前にいるし』

シンプルなメッセージを前に頬が緩む。

『悪い、もうすぐ出る』と返事をして、小松は顔を上げた。

食事を終えた清貴とお嬢様はお茶を飲みながら、次の行き先について話している。

「たしかに特別な体験ができたと思うわ。けど、私が行きたいのは、違うのよ。ＳＮＳにアップして注目されるようなところがいいの」

「では、晴明神社（せいめいじんじゃ）なんてどうでしょう。境内の五芒星（ごぼうせい）は映えますし……」

五芒星、と彼女は顔を明るくさせる。

「曰くつきとして知られる一条戻橋（いちじょうもどりばし）を再現した橋、これがまたですね……」

恐ろしそうに言う清貴を前に、お嬢様が金切り声を上げる。

「だから、そういう感じじゃなくて！」

小松はそんな二人に向かって、あの、と手を挙げる。

「お嬢様、もう一人駆け付けてくれた人がいるんですが、その人は女心を分かってくれると思うので、ガイドに加わっても大丈夫ですか？」

ふぅん、とお嬢様は振り返る。

「まぁ、とりあえず、会ってからにするわ。けど、私の気持ちを分かってくれるなら歓迎よ。清貴は、ガイドは上手いけど、絶妙に違うところばかり案内してくるから。やっぱり、ちょっとぼんくらなのよね」

それはわざとなんです、と小松は心の中でつぶやく。

一方の清貴は、何か勘づいたように眉を顰めた。

「もう一人のガイドとは？」

「私も知りたいわ。どんな人なの？」

お嬢様が好奇心に満ちた目を見せる。

「あー、ええと、さっき話題に上がっていた、彼の婚約者の真城葵さんです！」

清貴は眉根を寄せて、どういうことですか、と小松に顔を近付ける。

「葵さんは今日、大学のはずですよ？　彼女に迷惑をかけるのは、不本意極まりないのですが」

「いや、その、あんちゃんがあまりにあれだから、嬢ちゃんにサポートをお願いできたらと思って連絡してみたんだよ。そしたら、『今日の講義は午前中で終わるので、午後からでしたら大丈夫ですよ』って言ってくれたんだ。それで円生に頼んで連れてきてもらって……勝手に悪い！」

と、小松は両手を合わせる。

「まったく……仕方ない人ですね」

と、息を吐き出しながら、清貴の頬が緩んでいる。

意図せず葵と一緒に行動できることになって、喜んでいるのだろう。

「それで、葵さんはどこに？」

「店を出たところにいるはずだ」

そう言うと、「では行きましょう」と清貴は即座に立ち上がる。

足早に部屋を出て行く清貴の後ろ姿を眺めながら、お嬢様は露骨に顔をしかめた。

「ねぇ、小松。あの男って、ものすごい自分勝手じゃない？」

「あー、まあ」

このお嬢様に『ものすごい自分勝手』と言われる清貴って、と小松は顔を引きつらせた。

2

店を出ると、円生と葵が並んで待機していた。

「葵さん、すみません」

清貴はすぐさま葵の前へ行き、その手を取る。

「いえいえ、ちょうど講義も終わったところだったので」

葵はにこやかに笑って、お嬢様の方を向き、深々と頭を下げた。

「はじめまして、真城葵と申します。よろしくお願いいたします」

「私は、周梓萱（チョウ・ズシュエン）。日本名は『梓沙（あずさ）』よ。梓沙でいいわ」

お嬢様はさらりと自己紹介をした。

梓沙というんだ、と小松も相槌をうつ。

でね、と梓沙は話を続ける。

「葵、私は京都の素敵なところに行きたいの。有名でもいい。けど、なるべく有名すぎなくて、SNS映えするところよ。案内してもらえるかしら」

「つまり可愛いところですよね……」

と、葵は少し考え、ああ、と手を合わせる。

「それなら、このすぐ近くにピッタリなところがあります」

ミッション5：フォトジェニックな京都

こっちです、と葵は歩き出す。

坂を少しだけ下ると、左手に『八坂庚申堂(やさかこうしんどう)』と書かれた小さな門があった。

境内の中心には、朱色の小さな社があり、そこには、赤、青、黄色と色とりどりのお手玉のようなものが鈴なりに下がっている。

そのカラフルな感じが若い女性に受けるのか、境内には十代、二十代の女性の姿が多い。

梓沙も心をつかまれたようで、わあ、と目を輝かせた。

「可愛いわ！　そうよ、こういう感じよ」

良かったです、と葵は嬉しそうに微笑み、清貴も、うんうん、とうなずいている。

「さすが、葵さんです」

「いや、あんちゃんだってここに案内できただろ……」

ほんまやな、と円生が同意する。

そんな小松と円生の言葉を無視して、八坂庚申堂はですね、と清貴は説明を始めた。

「『東京入谷庚申堂』、『大阪四天王寺庚申堂』と並び、『日本三庚申』の一つです。ちなみに庚申とは、『かのえさる』や『こうきんのさる』とも呼ばれる『中年』の一種です」

干支は、子、丑、寅、卯、辰、巳、午、未、申、酉、戌、亥の十二種類がお馴染みだが、実は六十種類ある。干支一つ一つが五種類に分けられるそうだ。よく耳にするのは、『甲午（きのえうま）』だろうか。『壬寅（みずのえとら）』も覚えがある。

中年ならば、『壬申（みずのえさる）』『甲申（きのえさる）』『丙申（ひのえさる）』『戊申（つちのえさる）』『庚申（かのえさる）』の五種類だという。

六十種の干支は一年のカレンダーに当てはめられ、『庚申』の日は、六十日に一度回ってくるそうだ。

「『庚申信仰』というのは、まず、人の体の中に『虫』がいるという考えがありまして、その虫は『庚申』の日の夜、人が眠りにつくと人体から抜け出して天へと上がり、天帝にその者の罪を告げる。そうすると、人間は天帝に裁かれ、命を奪われてしまう。人々はそれを避けるため、夜通し拝み続ける――というのが、中国道教由来の『庚申信仰』です」

そうだったんだ、と小松は話を聞きながら相槌をうつ。

横を見ると、葵、梓沙、円生も同じように聞き入っていた。

「この八坂庚申堂では、今も庚申の日に徹夜で拝む行事があって、一般の方も参加できるとか。その日は『こんにゃく焚き』が行われ、猿型に抜いたこんにゃくを三つ、北を向いて食べて無病息災を祈願するそうですよ」

清貴は、そして、とカラフルなお手玉に目を向ける。

「ここに下がっているのは、『くくり猿』というのですが……」

「それは猿だったのか」

お手玉かと思った、と思わず小松は言う。

「はい、手足をくくられて、動けなくなった猿ですね」

「私もお手玉かと思ったわ。どうして、こんなに丸くなっているの?」

と、梓沙は、くくり猿を見ながら言う。

「猿は欲のままに行動します。この姿は人間の欲望に喩えられていまして、人間の中にある『欲望』が動かないようにくくりつけられているんですよ。そんな『くくり猿』は願いを叶えてくれると言われているんですよ」

その言葉に、皆は揃って目を輝かせた。

「願いを?」

「はい。ですが、それには欲を一つ我慢する必要があります。その欲と引き換えに、願いを一つ叶えてくれるそうです」

何かを断って、願掛けするようなものだろう。

くくられてお手玉のようになった猿の背中には、さまざまな願い事が書かれている。『彼と付き合えますように』『試験にパスしますように』『甲子園に出場したい』等々、若者が書いたと思われる願いが多い。先ほど目にした鬼気迫るものとは違っていて、ホッとした気持ちになる。

梓沙は、へぇ、と興味深そうに、くくり猿を眺める。

「ねぇ、葵、この前で写真を撮りたいわ」

葵は、はい、とうなずくも、人差し指を立てた。

「でも、その前に、参拝しましょう」

「参拝？　そんなの後からでもいいじゃない」

梓沙がそう言うも、葵はそっと首を横に振った。

「本堂を前に手を合わせて、ここの御本尊様にちゃんとご挨拶をしてからの方が、絶対に良いと思います。その後に可愛い写真を撮りましょう」

ねっ、と葵は微笑んで言う。

梓沙は一瞬躊躇ったような表情を見せたけれど、「……そうね」とうなずいた。

二人はいそいそと本堂の前に並び、手を合わせている。

「これできっと、とっても可愛い写真が撮れますね」

笑顔で言う葵に、うんっ、と梓沙は嬉しそうに答える。

「写真は葵が撮ってね」

はい、と葵は、梓沙のスマホを預かり、写真を撮る準備をする。

「そこに立ってください。もう少し右の方が良いかもです」

「こうかしら？」

梓沙はカラフルな『くくり猿』を前に、ポーズを取っていた。

ようやく念願の『ＳＮＳ映えする写真』を撮れるのだろう。

「あのお嬢様も、同世代の女の子とああしていると普通の雰囲気になるよなぁ」

小松がしみじみつぶやくと、清貴はそっと口角を上げた。

「葵さんと一緒にいるからですよ」

「また、あんちゃんはそうやって……」

「いえ、身内贔屓ではなくてです。不思議なことに葵さんと一緒にいると、穏やかな気持ちになるんですよね」

目尻を下げて言う清貴に、小松は首を伸ばして葵を見る。

「嬢ちゃんはほわわんとしているもんな」

岩からひょっこり顔を出すオコジョみたいだし、と心の中で付け足し、少し考えてから、そうか、と小松は手をうった。

「嬢ちゃんは、人の毒気を抜ける人間なわけだ」

清貴は、ええ、とうなずく。

「まさにそうです。彼女の癒しの雰囲気をどう説明して良いのか分からなかったんですが、『毒気を抜く』は良い表現ですね」

「だろ」

「僕も何度も、彼女に毒を抜いてもらいました」

これまで、葵に毒抜きしてもらったさまざまな出来事を思い出したようで、清貴は愉しげに笑っている。

「嬢ちゃんが持つそうした特別な部分って素晴らしいけど、なかなか人に気付かれない力だよな」

「そうかもしれませんね。僕も葵さんと長い時間をともに過ごすことで気付くことができたくらいですし」

「あんちゃんが、すぐに気付けないくらいのものかぁ」

控えめな能力だなぁ、と小松はつぶやく。

「ですが、そうしたところも、彼女の魅力なんだと思います」

小松と清貴がそんな話をしていると、側にいた円生が虚を突かれたように、大きく目を見開いていた。

どうやら、円生も葵に毒気を抜かれた覚えがあるのだろう。

——思えば、梶原秋人(あきひと)がよくこう言っていた。

『葵ちゃんはそれなりに可愛いけどよ、どうしてホームズや円生みたいなすげぇ男たちにモテるのか分からないんだよなぁ』と……。

実のところ、小松も同じように思ったことがあった。

そうか、と小松は口に手を当てる。

「毒気を抜く子だから、毒のある男に……」

好かれるわけだ、と小松はみなまで言わずに腕を組む。

「だから、俺たちは、嬢ちゃんにそこまで惹かれない……ってことか」

なるほど、と小松は大きく首を縦に振る。

ようやく、ひとつ謎が解けたかもしれない。

しかし当の葵には、その自覚がないのだ。

「ある意味、罪作りだよなぁ」

小松は小声で囁いて、清貴と円生を見る。

二人は同じように、葵の方を見ていた。

葵と梓沙は、今もきゃあきゃあと楽しそうな様子だ。

梓沙も毒持ちなのかもしれない。

「そうだ。あんちゃん、さっきお嬢様について調べてみたんだけど、彼女もいろいろあったみたいだな……」

梓沙の母は三年前、仕事で海外に出張中に、テロに巻き込まれて亡くなっている。

最愛の妻を亡くした梓沙の父はしばし意気消沈していたようだが、最近恋人ができたらしい。

香港で活躍し、米国でも人気の歌手だという。

梓沙とは十歳しか離れていない。

若く美しい新恋人の存在が発覚したのは、去年の暮れのこと。

おそらくこの日本旅行は、父親への不満を募らせてのものなのだろう――。

そうした事情を伝えると、清貴は表情を変えずに相槌をうつ。

「……彼女の母親がすでに他界しているのは感じていましたし、そんなことだろうと思っていました」

「まずは君島さんの言葉ですね。『お嬢様は、かつてご自宅でお母様と日本語で会話をなさっていました』と過去形でしたし、『お嬢様もいろいろありまして』と言って、彼はどこかお嬢様をかばっているようでしたので、何かがあったのだろうと。その後、幽霊子育て飴の逸話を聞きながら彼女は涙ぐんでいました。その姿を見てやはり母親を亡くしたのだなと。彼女は成人していますが、箱入りの世間知らず。自棄になるくらい腹立つ出来事となると父親の再婚あたりかと。

また、ランチの時、彼女は僕に『もし、そんな最愛の婚約者が、先に亡くなってしまったら、あなたはどうするの?』と訊いてきたではないですか。僕の回答を受けて、『人の心なんて変わる』と言っていた姿を見て、ああ、これは父親に恋人ができたので間違いないなと思っていました。あの時話していた結婚式の誓いは、おそらく両親のエピソードなんでしょうね」

相変わらずだ、と小松の頬が引きつる。

「それなのに、あんちゃんはあの対応だったんだな」

「どんな事情があろうとも、他者に八つ当たりして良い理由にはなりません」

「ま、そうだよな」

「あんたかて、よう俺に八つ当たりしてるやん」

と、話を聞いていた円生が横から口を出す。

「ええ、ですから、それは許さなくて良いことですよ」

にこりと微笑んで言う清貴に、小松と円生は口を一文字に結んで顔を見合わせた。

「ところで、梓沙さんのお母様は、どのような方だったんでしょうか？」

そうそう、と小松はスマホを出した。

「これが梓沙さんの亡くなったお母さんの姿だ。名前は奈緒美（なおみ）。写真は若い頃のだな」

日本人だという話だが、漆黒の髪に蒼い瞳が印象的な美女だった。

「目が蒼いですね。梓沙さんのお母様には欧米人の血が？」

「ああ、そうらしい。梓沙さんの母・奈緒美さんは、母親が日本人で、父親が英国人だったそうだ。両親は離婚していて、父親は英国に帰っている。奈緒美さんが大学生になった時、父のいる英国に留学して、そこで夫となる梓沙さんの父親――周浩宇（チョウ・ハオユー）と知り合ったって話だ」

なるほど、と清貴は納得する。

「それで、周浩宇の現在の恋人はどんな方なんでしょう？」

「この人だ」

と、小松はスマホの画面を見せる。

梓沙の母親に少し似ている美女だった。

円生も首を伸ばして、スマホの画面を覗き込み、なんや、と失笑した。

「小娘の母親をグラマラスにした感じやん。周はこういうのが好きなんやな。それにしても、こら整形やろ。あえて小娘の母親に似せたんちゃう?」

実のところ、小松も同じことを思ったが口にしなかったというのに、相変わらず円生は遠慮がない。

そんな話をしていると、梓沙と葵がこっちにやってきた。

「ホームズさん、小松さん」

「葵が、おすすめのところに案内してくれるって。移動しましょう」

梓沙はにこやかな笑顔を見せる。

「あー、本当に毒が抜かれてる感があるなぁ……」

すげぇ、と小松が顔を引きつらせて言う。清貴は「でしょう」と微笑む。

葵が次に提案したのは、嵐山だった。

そこへは、大型のワンボックスカーで向かった。

運転席と助手席に護衛の人間。二列目に葵と梓沙、三列目に清貴と小松が座っている。円生は八坂庚申堂で、『そろそろ離脱するし』と言って、同行していない。

ワンボックスカーの前と後ろにも護衛の車があり、君島はそこにいた。

車はすべて国産車で、目立たぬようにしていた。まるで王室の人間のお忍び旅行のようだ。

「嵐山なんて、超有名じゃない」

駐車場に到着し、梓沙は顔をしかめながら車を降りた。

葵は、そうですよね、と笑う。

「最近、女の子に大人気のスポットがあるんですよ。きっと梓沙さんも好きだと思うんです」

「どこ？」

「こっちです」

葵は、梓沙の手を引いて歩き出す。

小松は微笑ましく見ていたが、清貴は少し面白くなさそうだ。

葵は、嵐山の駅の正面入口から構内に入り、外へと抜ける。

そこには、着物の生地をアクリルで包み、高さ二メートルのポール状にしたものが六百本、ずらりと並んでいる。桃色、水色、黄色、橙といった華やかな色から、黒や茶色とモダンな色のものまで揃っていた。

わぁ、と梓沙は目を見開いた。

「なんて美しいの」

「良かった。ここは、『キモノフォレスト』といって、ポールに入っている生地はすべて京友禅だそうですよ。素敵ですよね」

「まさに『着物の森』ね。可愛いわ！」

きゃあ、と梓沙は両手を組み合わせ、嬉しそうに歩く。

「梓沙さん、こういう感じ、よく似合いそうです」

葵は、黒と白と赤のモダンなポールを指して言う。

「素敵。葵は、この薄紅色の着物とか似合いそうね」

「はい、こういう雰囲気、好きです」

やっぱりぃ、と梓沙は葵の腕に絡むようにしがみつく。

「……小松さん、彼女、葵さんにくっつきすぎな気がしませんか？」

「女の子同士、あんなのあるだろ？」

「香織さんは、あそこまで葵さんにベタベタしませんよ？」

「ま、あの子はクールな感じだもんな。……って、あんちゃんは、相手が女の子でも関係ないんだな」

「ええ、みんな、僕以外の人間ですから」

相変わらずだな、と小松は肩をすくめる。

ねぇ、と梓沙がこちらに向かって声を上げた。

「葵と一緒に写真に写りたいから撮ってくれない」

清貴は、いいですよ、と梓沙からカメラを受け取る。

「あんちゃん、お嬢様の顔だけボカして撮るような真似はするなよ」

小松が小声で耳打ちすると、清貴は肩をすくめた。

「そんなことはしませんよ」

清貴はちゃんと写真を撮って、梓沙にスマホを返す。

ありがと、と梓沙は自分のスマホを受け取り、画像を確認した。

「良かった。ちゃんと撮れてる。清貴は性格が悪いから心配だったのよね」

梓沙も同じ心配をしていたようだ。

「僕をなんだと思っているんですか……」

清貴は、不本意そうにつぶやいてる。

だが、梓沙は気にも留めていない様子でポールを眺め、

「京友禅って言っていたわよね。早速、この柄で着物を作らせるわ」

そう言うや否や、梓沙は画像を添付したメールをどこかに送っていた。

「えっ、早速、着物を仕立てるのか」

小松は驚いて、露骨に大きな声を上げた。

葵も同じように少し驚いた顔をしていたが、

「日本でイベントをする際、着物を着たいと思ってたのよ」

といった梓沙の言葉を聞いて、納得した様子だ。

「ねっ、葵、次はどこに行きましょうか？　プランはあるのよね？」

と梓沙は、また葵の腕に自分の腕を絡めた。

葵は、はい、とうなずいて、人差し指を立てる。

「嵐山には、他にもフォトジェニックなところがあるんですよ」

葵は次に、嵐山の北東に広がる竹林へ案内した。

青々とした竹林の間にある小路には、清々しい美しさがある。

「この嵯峨野は、平安時代から貴族に愛された地なんですよ」

そんな清貴の言葉も後押しとなったのか、素敵ねぇ、と梓沙は熱っぽく洩らして、見惚れたように左右に広がる竹林を眺めた。

そこでも写真を撮り、その後は見た目が可愛らしく味も良い和スイーツを堪能し、初日の観光は幕を閉じた。

おかげで梓沙から『明日も楽しみにしているわ』という声を賜り、ホテルまで送り届けることができた。

3

「嬢ちゃん、本当に助かった。あんちゃんは本当にひどかったんだ」

ホテルの外に出るなり、小松は嬉しさのあまり、葵を前に拝むように合掌した。

葵は、いえいえ、と首を振り、その横で清貴は眉を顰めている。

「小松さんこそひどいですね。僕は真面目にやっていたのに」

「よく言うよ。嬢ちゃんが来なかったら、どうなっていたか……」

そんな、と葵は恐縮した様子だ。

「私は大したことはしていないです……結局、その土地の説明とかは全部ホームズさんがしてくれましたし」

いやいやいや、と小松は激しく手と首を横に振った。

「あんちゃんは、説明は良かったけど一触即発で大変だったんだよ。嬢ちゃんの解毒パワーのおかげで、なごやかになって助かった」

葵は、解毒？　と小首を傾げる。

「嬢ちゃん、できれば、明日もお願いしたいんだ。午後からでもいいし、もちろんバイト代はしっかり払うから」

小松が手を合わせると、清貴が葵の前に立ち塞がった。

「小松さん、葵さんには大学があるんですよ。葵さんに迷惑をかけるくらいなら、僕も明日からは真面目にやりますから」

「やっぱり真面目にやってなかったんじゃないか！」

そんな小松と清貴の前で、あの……と、葵は控えめに片手を挙げる。

「明日も午後からでしたら大丈夫ですよ。お役に立てるのなら、嬉しいですし」

「ああ、嬢ちゃん！」

小松が感激する横で、清貴は、やれやれ、というように腰に手を当てた。

「では、葵さん。小松さんから、たくさんバイト代をもらってくださいね」

「おいっ。まぁ、バイト代は弾ませてもらうよ」

ありがとうございます、と葵は楽しそうに笑う。

「葵さん、それでは帰りましょうか」

清貴は、葵に向かって手を差し伸べる。

葵がその手を取ろうとすると、清貴は手から腕を伝い、彼女の腰に手を回した。

「それでは、小松さん。また明日」

振り返って、清貴と葵は会釈し、ともに歩き出す。

「ああ、お疲れ」

小松は、バイバイ、と手を振りながら、二人の後ろ姿を見送った。

清貴はホテルの敷地から出るなり、葵の頭に自分の頭をぐりぐりと当てている。

褒めて、とでも言っているのだろうか、随分甘えた様子だ。

葵は愉しげに笑って、清貴の頭をよしよしと撫でていた。

その姿を眺めながら、小松は冷ややかに目を細める。

「なんだあれ、キャラ変わりすぎだろ」

だが、幸せそうな清貴の横顔が目に入り、ふっと頬を緩ませた。

「ま、あんちゃんは、嬢ちゃんに出会えて本当に良かったよな」

そう思う一方で、円生の姿が頭を過る。

円生の気持ちを考えると、胸が少しだけ切なくなった。

「イーリンと上手くいってくれればって思ったんだけどな……」

小松は独り言のように言って、自分も帰ろう、と体を伸ばした。

「明日もガイドだ。割の良い仕事バンザイ」

にやにやしながら小松は歩き出す。

だが、翌日、とんでもないことが起こるなど、小松は夢にも思っていなかった。

第四章　アクシデント

1

梓沙さんのガイドを終えた私とホームズさんは、そのままの足取りで骨董品店『蔵』へと向かっていた。

店はちょうど閉店時間を迎える頃だ。今から『蔵』へ行こうとしているのは、私も彼も仕事熱心であり、店が気になって仕方がなかったから……というわけではなく、店長から『お客様が訪ねてきているよ』と連絡が入ったためだった。

店に入ると、既に帰り支度をしている店長の姿と、カウンター前の椅子に座る田所敦子さんの姿が目に入った。

私たちを見るなり、こんばんは、と微笑む。

優美で上品な笑顔。さすが、祇園の華道教室の先生だ。それだけではなく、彼女は、教室の地下で合法的な秘密クラブも経営している。

そう聞くと、なかなか一筋縄ではいかない人のようだけど、実際は人情味が厚く、優しい女性だ。

五十代という話だけど、とても若々しく美しい。和服がよく似合っていて、気品もある。

私は密かに、敦子さんに憧れていた。

その敦子さんといえば、智花さんと佐田さんの婚約を妨害していたのが記憶に新しい。

それは智花さんを心から心配してのことだったと、後ほど分かったのだけど……。

さらに、その騒動を忘れさせるような事件が、敦子さんに起こっていた。

「敦子さん、こんばんは」

そう言ったホームズさんに続いて、私も「こんばんは」と挨拶を返す。

それとは入れ違いで店長が、「それじゃあ、わたしは、上がらせてもらうよ」と、気を利かせたように立ち上がる

お疲れ様です、と私たちはお辞儀をして店長を見送り、カウンターの中に入った。

「かんにんやで。小松さんの事務所を訪ねたらいはらへんし、ここならて思うて」

敦子さんはそう言って、にこりと微笑んだ。

以前会った時は、向き合った際に迫力を感じるほどの美しさと雰囲気を持っていた彼女

だが、今はどこか力ない様子だ。

あんなことがあったんだから、仕方がないだろう。

私は沈痛の面持ちで会釈する。

「わざわざここまで、ありがとうございます。この度は大変でしたね……」

労うホームズさんに、ほんまや、と敦子さんは息を吐き出した。

彼女が大切にしていた二十カラットのブルーダイヤが盗難に遭ったのは、年末のこと。

普段は博物館に預けていたけれど、店で開催したクリスマス・パーティにつけたいと思い、一度戻してもらい、その後に盗まれてしまったという。

「宝石はどのようなかたちで盗難に？」

「壁に埋め込んだ金庫に入れてたんや。そやけど開けられてしもた。どんなに頑丈でも、開けられてしもたら最後やなぁ」

敦子さんの言う通り、頑丈で持ち出し不可能な金庫でも、扉を開けられてしまえば、意味がない。

「不幸中の幸いは、今回は建物に火をつけられたわけやあらへんのと、盗まれたのは宝石だけで、いろんな権利書はそのままやってことやね」

そうでしたか、とホームズさんは深刻そうな表情で相槌をうつ。

「盗まれてすぐは、悔しくて腹立たしくて、おさまりつかへん気持ちやったんや。そやけど、時間が経つにつれて、あの石を所有する恐ろしさ、みたいなんが湧き上がってきて……」

「『オリエンタル・ホープダイヤ』と呼ばれていたくらいですしね」

慰めるように言うホームズさんに、ほんまに、と敦子さんは息を吐く。

「世界中の富豪から『あの石が欲しい』て話がきてたくらいやし」

「それは、やはり博物館に預けたことからでしょうか」

「それもあるし、海外の博物館からも話がきて、一時日本を離れて海外のあちこちで展示されたんや。そうしたんは、あの宝石をたくさんの人に見てもらいたかったのと、相続するのにお金がかかってしもたし、謝礼も目的だったんやけど、それがあかんかったんやなぁ……まぁ、私にはすぎたものやったんやろ」

私とホームズさんは黙って相槌をうつ。

そやけど、と敦子さんは顔を上げる。

「今日な、遠目やけど八坂さんの近くで、前に私のとこに石を売ってほしいて何度か熱心に言うてきてた男の姿を見掛けたんや。思わず写真を撮ってしもて」

遠くから撮ったもんやし小さいんやけど、と敦子さんはスマホを出す。

私とホームズさんは思わず身を乗り出した。

八坂神社前の東大路通に車が停まっている。

その横にコートを羽織った男性の姿があった。

彼の姿には見覚えがあり、私は思わずホームズさんを見る。

ホームズさんは興味深そうな目をしながら、腕を組むようにして顎に手を当てた。

「なるほど、これは何かあるのかもしれませんね……」

2

翌日の午後。ホテルのロビーに集合した清貴と小松は、昨日と同じように、梓沙や護衛たちとともにワンボックスカーに乗り込んだ。

前後に護衛の車がついていて、そこに君島が乗っているのも昨日と同じだ。

「まずは、葵を迎えに行かなきゃね」

梓沙は車に乗り込むなり、そう言う。

当初の予定では、今日も午前中から観光を始めるはずだったのだが、葵が加わるのは午後からであることをメールで伝えると、「それなら明日は午後からにしましょう」と梓沙が言ってきたことで、予定は変更になった。

どうやら、清貴オンリーのガイドは、懲りたようだ。

本人は真面目にやると言っていたのだが……。

京都府立大学の前に到着すると、葵が門の前で待っている葵の姿が見えた。

「葵さん」

清貴は即座に車を降りて、足早に門の方へと向かう。

そんな彼の姿は、多くの女子学生を振り向かせていた。

「まるで、王子様のお迎えね」

その様子を眺めながら、梓沙がしみじみと言う。

「まさにそんな感じだよなぁ」

周囲の注目を集める中、爽やかに現われて、葵の手を取るのだから……。

葵は気恥ずかしそうにしながら、清貴とともに歩いている。

あんなに見られたら居たたまれないよな。

小松が三列目のシートでうなずいていると、梓沙が勢いよく振り返った。

「あんなに性格悪いくせに、一見それが分からないのがムカつくわね。もしかしたら葵は騙されてるんじゃないかしら？」

「いや、それは大丈夫じゃないかと」

そんな話をしていると、二人が車へ戻って来た。

「わざわざ、迎えにまで来てくださってありがとうございます」

葵は恐縮するように言って、梓沙の隣に座る。

「いいのよ」

「今日はどのようなところが良いですか？」

葵が問いかけると、そうね、と梓沙は腕を組んだ。

「女の子が喜ぶ感じのところがいいわ」

分かりました、と葵はうなずいて、運転手に行き先を告げた。

ミッション6：女の子が喜ぶ京都

車がそこに到着するまでに十分もかからなかった。

葵が案内した場所、そこは下鴨神社（しもがもじんじゃ）だった。

「名前は聞いたことがあるわ。ここも有名な神社よね」

梓沙は車を降りるなりそう言う。

ええ、と清貴がうなずいた。

「ここの正式名称は、賀茂御祖神社と言いまして、北区にある賀茂別雷神社——通称、上賀茂神社とともに賀茂氏の氏神を祀る神社です。歴史はとても深く、創建は定かではないのですが、紀元前九十年に神社の修造が行われた記録が残っているので、おそらくその前からあるようです。古より崇敬を受けてきた神社で、京都の中でも強いパワースポットとして人気が高いです」

ふぅん、と梓沙は話を聞きながら、境内を歩く。

やがて見えてきた朱色の楼門に、梓沙は「わぁ」と目を見開いた。

「美しいのね」

楼門を潜ると舞殿があり、さらに本殿がある。今年の干支を中心とし、他の十二支を祀った社が本殿を取り囲んでいた。

「梓沙さん、参拝しましょう」

「ええ」

葵と梓沙は本殿を参拝し、次に自分の干支の社の前を詣る。

そこを出ると、東側に小川と小さな社があった。

「あそこは、罪や穢れを流してくれる瀬織津姫様のお社ですね」

清貴が説明をするも、梓沙は小川に釘付けだ。

参拝客たちが、紙を川の水につけていたからだ。

「一体、何をしているの？」

葵は、ふふっと笑って答える。

「あれは『水みくじ』です。おみくじを水につけると、文字が浮かびあがってくるんですよ」

「面白そう。やりましょう！」

梓沙は早足で売店へと駆けていく。

小松は、ちらりと清貴を見上げた。

「水につけるおみくじって、貴船神社が有名だよな？　下鴨でもやってたんだな」

ええ、と清貴はにこやかに答える。

「近年、下鴨さんでもはじめられたんですよ。境内に小川——御手洗川が流れていますし、水みくじはぴったりだと思います」

下鴨神社の水みくじは、まさに女子が喜びそうな可愛らしいデザインだった。

おみくじの上には『みず○みくじ』と書かれていて、その下にハートのような葵の葉が並んでいる。

水につけると、○と葉の中に文字が浮かび上がった。

梓沙の水みくじは、○の中に『小吉』とあり、葉の中には『努力なしに向上はなし』『けいそつな行動はつつしむように』などといった言葉が書かれていた。

「小吉って、そんなに良いわけじゃないわよね」

梓沙は面白くなさそうに顔をしかめ、「葵はどうだったの？」と葵の手許を覗き込む。

葵の水みくじは、『中吉』だった。

『つづけるうちに実力がつく』『今のあいしょうを信じよ』等と書かれている。

ふぅん、と梓沙が相槌をうつ横で、清貴が『大吉』の水みくじを見せるように掲げていた。

「すみません、お嬢様を差し置いて大吉をいただきました」

その口ぶりだけは遠慮がちだが、自慢げなのがまったく隠しきれていない。

清貴は話を続ける。

「その上、葵さんのおみくじには『今のあいしょうを信じよ』と……。まるで僕たちの仲を瀬織津姫様に認めてもらえた気分です」

梓沙はイラッとした様子で、清貴に一瞥をくれる。

「その相性は、あなたと葵の相性じゃなくて、私とのことかもしれないじゃない」

「いやですね。そんなわけがないでしょう」

「はい？」

梓沙は眉間に皺を寄せ、清貴は笑顔で火花を散らす。

「葵、この男はこう見えてすごく性格が悪いわよ。あなたはそのことに気付いてる？　騙されたりしてない？」

身を乗り出して問う梓沙に、葵は「あ、はい」と答えた。

あっさりうなずかれて、梓沙はぽかんとする。

「えっ、分かってるの？」

「はい。彼は、外面はすごく良いけど腹黒で裏表が激しいし、少し胡散臭い人だというのは、ちゃんと分かってますよ」

その言葉に梓沙は硬直した。

その傍らで清貴は「葵さん、相変わらず酷いです……」と口に手を当てている。笑いを堪えているのか、手が小刻みに震えていた。言葉とは裏腹に、随分嬉しそうだ。

葵は、それより、と手をうった。

「梓沙さん、この境内には縁結びのご利益がある相生社や、美人祈願で知られている河合神社があるんですよ。行きませんか？」

梓沙は気を取り直したようにうなずく。

「あ、そうね、美人祈願って気になるわね」

それじゃあ、行きましょう、と二人は愉しげに楼門を出て行った。

二人は相生社を参拝し、糺の森を歩いて河合神社へ入っていく。

河合神社は小さな社だが、若い女性が多いせいか、どこか華やかだ。

葵と梓沙は、手鏡形の絵馬に願い事を書き、境内のかりんでつくったという飲料水、『美人水』を飲んで、楽しそうにしていた。


「ああ、楽しかった」

「次は、どんなところが良いですか？」

「観光はこの辺にして、次は私、ショッピングに行きたいわ。この辺りで『ハリー・ウィンストン』はどこにあるのかしら」

「ハリー・ウィンストン？」

葵はそれがなんなのか分からなかったようで、小首を傾げる。

それは小松も同じで、すぐに検索しようとスマホを手にした。

だが、清貴が即座に答える。

「大阪ですね」

やだ、と梓沙は顔をしかめる。

「大阪まで行かなきゃならないの？　それは面倒くさいわね。それじゃあ、『ヴァンリリーフ&アナベル』は？」

「そちらは、大丸京都店にありますよ。ご案内いたします」

清貴はにこりと微笑む。

「ところで君島は、私たちの会話を少し離れたところでチェックしているのよね？」

前のめりになって問う梓沙に、清貴は「ええ」とうなずく。

「ねぇ、君島、聞こえてるわよね。今から大阪まで行って、『ハリー・ウィンストン』のジュエリーをいくつか買ってきてちょうだい。リストはメールで送るわ。ちゃんとお遣いできたら、前回のことを許してあげるし、死んだ目だ、返上よ。よろしくね」

少し離れたところで君島が慌てているのが、容易に想像がついた。

それにしても彼女は失敗した者のことを、『死んだ目』と呼ぶのだろうか？

小松が顔を引きつらせると、君島からメールが入った。

『私は大丸まで同行して、その後に大阪へ向かいます。大阪では音声が届かなくなりますが、どうかお嬢様をよろしくお願いいたします』

律義だな、と小松は囁く。

バッチの音声が届く範囲は、せいぜい数百メートルだ。

「それじゃあ、車に戻りましょう」

梓沙は愉しげな様子で歩き出す。

葵は躊躇いがちに清貴の耳元で訊ねた。

「あの、ホームズさん。『ハリー・ウィンストン』や『ヴァンリリーフ&アナベル』ってなんですか？　ファッションブランドでしょうか？」

そんな葵の姿を見て、嬢ちゃんはホッとするなぁ、と小松の頬が緩む。

「『ハリー・ウィンストン』は、ニューヨーク発の高級ジュエリーブランドでして」

そこまで言って、そうそう、と清貴は人差し指を立てた。

「世界最大のブルーダイヤ、『ホープダイヤ』を手に入れて、スミソニアン博物館に寄贈したのは、『ハリー・ウィンストン』なんですよ」

ええっ、と小松は驚きの声を上げ、葵は、そうだったんですねぇ、と洩らしている。

梓沙は知っていた様子だ。

「一方、『ヴァンリリーフ&アナベル』は、ヨーロッパのブランドです。宝石だけではなく時計や香水も人気で、ヨーロッパの王室御用達としても知られてますよ」

「どちらもすごいブランドなんですね」

葵はブランドに感心したように言っていたが、一方の梓沙は清貴に感心したようだ。

「あなたって、本当に説明するだけなら最高なのにね」

「ありがとうございます」

別に褒めてないわよ、と梓沙は顔をしかめた。

2

大丸京都店の前に着くと、外商員が何人も出迎えていた。

「もしかして、あんちゃん、連絡したのか？」

もちろんです、と清貴はうなずく。

彼は一時期、ここで働いていたので、皆知り合いなのだろう。

「周様、ようこそいらっしゃいました。『ヴァンリリーフ&アナベル』は二階の特選コーナーにございます」

凛々しい外商員はスマートな所作で、梓沙をデパートの中へと案内する。

「あら、ありがと」

梓沙は大きなサングラスをかけて颯爽と歩く。葵と清貴はその半歩後ろを歩き、さらに護衛たちは距離を取って、安全を確認していた。

男性ばかりの外商員の中に、一人スーツを着た女性の姿があった。年齢は三十代前半くらい、細身で目がぱっちりとしている。

「清貴さん、葵さん、お久しぶり」

「谷口(たにぐち)さん、ご無沙汰してます」

呼びかけられた清貴と葵は、笑みを返す。どうやら、彼女は谷口という名で、二人の知り合いだったようだ。

谷口はすぐに清貴の横に立ち、小声で囁いた。

「華亜コーポレーションのお嬢様がうちに来るってことで、社内はもう大騒ぎよ」

話が聞こえていた小松は、へぇ、と洩らす。

「やっぱ、知られてるんだな」

小松がぽつりと囁くと、谷口は「ええ」とうなずく。

「華亜さんは、今や世界の富豪十指に入ると言われていますから」

十指……、と小松は口をポカンと開けた。

「華亜さんはＩＴビジネスや貿易はもちろん、近年は『華』っていうアパレルブランドも立ち上げていて、これもまた好調でね。なんでもお嬢様がプロジェクトに関わっているとか。清貴さん、ぜひ、後でご挨拶させて！」

谷口は軽く肘で突いて、お願い、と手を合わせる。

「それはもちろん」

「ありがとう。あー、それにしてもこんな超ＶＩＰをお連れするなんて、さすが清貴さん。すっかり、お嬢様のお気に入りなんでしょう？」

「いえ、ものすごく嫌われているかと」

またまた、と谷口は笑って、清貴の背を軽く叩く。

いや、本当なんっすよ、と小松は静かにつぶやく。

たかだか一つ上のフロアに行くだけだというのに、わざわざエレベータを使って、二階へと上がる。

二階に着くと、アナベルをモチーフにしたロゴデザインが目に入った。ちなみに、アナベルとは、紫陽花（あじさい）のことだそうだ。

梓沙は嬉しそうに『ヴァンリリーフ＆アナベル』の売り場に足を踏み入れ、ショーケースを覗いた。

「やっぱり、こうして売り場を見られるって楽しいわ。いつも外商が持ってくるばかりだから」

そうでしょうね、と小松は苦笑する。

「梓沙さんは、あまり買い物に出たりできなかったんですか?」

葵が問うと、梓沙は、ええ、とうなずく。

「私のママは、海外出張中にテロに巻き込まれて亡くなってしまったの。そういうのもあって、パパは私を外に出したがらなかったのよね。一人旅も『せめて二十歳になるまでは』って言われていて。先月ようやく二十歳になったから、イタリアに行こうと思ったんだけど、『絶対ダメだ。旅行なら安全な日本にしておきなさい』ですって。仕方がないから日本に来たの。でも、後でパパも合流するから、完全な一人旅とは言えないわね」

そもそも護衛を引きつれている時点で一人旅とは言えないのではないか、と小松は頬を引きつらせた。

「でも、東京と横浜でもいっぱいショッピングできて、とても楽しかったわ」

「そうだったんですね。京都でも楽しい想い出を作れると良いですね」

「うふふ、ありがと」

梓沙は鼻持ちならないところがあるが、見るもの聞くものを珍しがり、素直に喜ぶ一面も持っている。

箱入り娘だったが故に、外の世界をよく知らなかったのだろう。

「あー、それにしても、どれもすごく可愛い。アナベルのブローチも素敵だし、特にこの『マーガレット・シリーズ』、大好きよ」

小松も思わずショーケースに目を落とす。

そこには、マーガレットを模したアクセサリーが並んでいた。柱頭部分が宝石で、花びらは貝で作られているようだ。

ネックレス、指輪、ピアスが煌めいていて、梓沙が言うようにたしかに可愛らしい。

「若い娘に喜ばれそうなデザインだな……」

うちの娘も好きそうだ、と値札を見て、思わず目を凝らした。

「え、二百三十八万？　このネックレス一つで？」

小松が目を丸くさせるも、清貴は当たり前のようにうなずく。

「それはもちろん、王室御用達のジュエリーですから」

「いや、そうは言っても、車の値段じゃないか……」

小松が動揺している横で、葵も目を泳がせている。

「小松さん、私も『二十三万もするんだ』って思っていたら、さらに一桁違っていて、ひゃっ、となってしまって……」

「ああ、嬢ちゃん、仲間だな！」

小松は思わず手を差し出し、葵と握手を交わしていると、清貴が面白くなさそうに間に入り込む。

「小松さん、どさくさに紛れて、葵さんの可愛い手に触れようとするのはやめていただけませんか？」

「ったく、いちいちそうやって……俺たちはおまえらと違う庶民なんだよ。同士の握手だ」

「僕だって庶民ですよ」

「この値段を前に動揺しないあんちゃんは庶民じゃない」

「元々知っているから驚かなかっただけです」

そんなやりとりをしている側で、梓沙は熱心にショーケースを見ている。

ややあって、うん、とうなずき、梓沙はスタッフに向かって言った。

「ショーケースにある『マーガレット・シリーズ』、全部ちょうだい」

小松は、ごふっ、とむせた。

全部っていくらになるんだ？　その金額をどうやって支払うんだ？　アタッシュケースを持ち込むのかよ。

そう思っていると、梓沙はポケットからカードケースを取り出し、黒光りしたカードを置いて、「これでお願い」と言う。

小松と同じように、葵も圧倒されているようだ。

「品物はすべてホテルに届けてちょうだい」

葵は出入口付近で、梓沙の後ろ姿を見ながら、息を吐き出すように言った。

「なんだか本当に別世界ですね」

だな、と小松はうなずく。

「ちょっと、もやもやするよな」

そう言うと、葵は弱ったような表情を浮かべ、静かに囁いた。

「どうしてなんでしょうね……？」

なぜ、こういう場面を前にすると、もやもやするのだろう、と葵は言っているのだろう。

その気持ちに小松は強く共感した。

富裕層がお金を湯水のように使うことで、経済を動かすのは分かっている。

それでも、その場面を目の当たりにすると、もやっとしてしまうのだ。

「嬢ちゃんは、羨ましいって思うか？」

うーん、と葵は小首を傾げる。

「羨ましい……というわけではないと思うんです」

「そうなんだよなぁ」

それでは、妬みなのか、と訊かれると、イエスともノーともいえない。

仮に自分が大金持ちだとして、目についた欲しいものをすべて購入するかと問われれば、首を傾げてしまうからだ。

しかし、実のところ人間は『まったく羨ましくないもの』を目にした際、何も反応しない。胸が騒がないものだ。

事実、清貴が葵から万年筆をもらったと得意げに言った時、円生は面白くなさそうにしていたが、小松は何も感じなかった。

だが、今は梓沙の姿に、こんなにも反応している。

やはり心の奥では、羨ましく思っているのだろうか……？

ふと葵を見ると、同じように複雑そうな表情をしている。

その間、清貴は観察するように葵を見ていた。

買い物を終えた梓沙は満足したようだ。ご機嫌で外商員や谷口からの名刺を受け取り、

「行きましょう」と売り場を出る。

どこまでも見送ろうとしているスタッフたちに向かって、梓沙は手をかざした。

「帰り際にあまりに目立つのは好ましくないから、見送りはいらないわ」

その言葉を受けて、スタッフたちはエレベータ前まで来たところで足を止め、ありがとうございました、と深々と頭を下げた。

エレベータに乗り込み、一階に降りて、東洞院通（ひがしのとういんどおり）側の出口へ向かう。

東洞院通側の出口は広めのスペースがあるため、そこに、車が待機している手筈となっていた。

出口前には、ワンボックスカーだけが停車していた。

梓沙の姿を確認したのだろう、助手席にいたガードマンがすぐに車を降りて、お帰りなさいませ、と頭を下げ、慌て気味に話を続けた。

「お嬢様、先ほど代表から連絡がありまして、もうすぐ京都に到着されるそうなんです。ですので、今からホテルに戻るようにと」

梓沙は、ぱちりと目を瞬かせた。

「えっ、パパが来るのは明日の午後だったのに。……まぁ、いいわ」

ガードマンは、小松たちの方に顔を向ける。

「そういうわけですので、本日のガイドはここまでということで……皆さま、本当にありがとうございました」

いえいえ、と小松は首と手を振った。

だが清貴は微笑みながら、ガードマンの許に歩み寄る。

「前後にいた護衛の車はどちらに？」

「三台もここにいるのは邪魔になるので、少し離れたところで待機しています」

そりゃそうだよな、と小松は納得したが、清貴の眼差しは強くなった。

「彼女のお父様が急遽京都に来られるという話は、君島さんの許にも届いてると思うのですが――小松さん、君島さんから何か連絡が入っていますか？」

清貴に問われて、小松はすぐにスマホを確認するが、君島からの連絡は来ていない。

「いや、何もないな」

「では、君島さんに確認してください」

清貴が小松の方を向きながら言った瞬間、ガードマンはチッと舌打ちしたかと思うと、清貴の体を突き飛ばした。

すぐに梓沙の手首をつかんで、車の中に押し込める。

きゃっ、と梓沙が悲鳴を上げた。

不意打ちを食らってよろけた清貴だが、すぐに体勢を整えて、今にも車に乗り込もうとしていたガードマンの襟足を引っ張った。

ガードマンはのけ反りながらも振り返り、清貴に向かって拳を振りかざす。

清貴は掌でその腕を弾き、男の足を払って転ばせた。

ガードマンは地面に手をつくも、瞬時に同じように清貴の足を払う。

清貴はバク転をしてそれを避けた。

あまりの出来事、目まぐるしい攻防に、小松と葵は何の反応もできず、ただ立ち尽くしていた。

それは通りを行き交う人たちも同じようで、呆然と眺めている。

「あんちゃん、俺はどうしたら……」

小松はオロオロと目を泳がせる。

彼らは、これまで護衛を務めてきた顔見知りだ。

それがいきなり、梓沙を連れ去ろうとしている。

事態の把握はできないが、とりあえず加勢しようと小松が動こうとすると、清貴が即座に声を張り上げた。

「小松さん、あなたは葵さんを護っていてください！」

その時、清貴の顔に向かって、ガードマンの拳が飛んできた。清貴は素早くしゃがむことでそれを回避し、そのまま男の腰をつかんで、押し倒し、馬乗りになった。

やった、と小松は拳を握る。

だが、相手の動きを止めるということは、同時に自分の動きも止まったことを意味する。男は、横たわった状態で清貴の腹に拳を入れた。

ぐふっ、と清貴の体が折れた。

「ホームズさんっ！」

葵は青褪めて口に手を当てた。

それでも清貴は今も男の体に乗ったままだ。苦痛に顔を歪ませながらも、そのまま腕を捻って、締め上げる。

「梓沙さん、早く車から出てください！」

清貴が声を張り上げるも、梓沙は車内にいた男に羽交い絞めにされていた。

よほど驚いたのか、目を大きく見開いている。

車にいる輩たちは、清貴につかまっているガードマンのことを諦めたようで、勢いよく車を発進させた。

その際、清貴が見せたわずかな隙を見逃さなかった男は、清貴の体を突き飛ばして、車とは別方向に走り出した。

清貴は体を起こし、瞬時に車か男のどちらかを追い掛けるシミュレーションを頭の中でしたようだが、どちらも徒労に終わるのが目に見えたようだ。

「やられましたね……」

額に手を当てて、ふぅ、と息をつき、悔しそうに奥歯を噛み締めた。

第五章　昔取った杵柄

1

　梓の父親、華亜コーポレーションの代表・周浩宇がもうすぐ京都に到着する――、というのは、やはり輩たちの狂言だったが、彼はすでに来日し、東京にはいたようだ。

　梓沙が連れ去られたと聞いて、すぐに新幹線に乗り、こちらに向かっているという。

　今、『ハインアット・ジェンシー京都』のスイートルームには、小松、清貴、君島、そして話を聞きつけた円生の姿があった。

　葵の姿はない。トラブルに巻き込まれる可能性があるため、清貴は利休を呼んで、葵を家まで送らせていた。

　円生は壁際に立ち腕を組み、清貴は窓の外を眺めている。

　小松と君島はそれぞれソファーに座って、周の到着を待っていた。

　沈黙が続き、重苦しい空気が部屋を包んでいた。

犯行グループからは、梓沙のスマホを使い、君島宛にメッセージが届いていた。

犯人の要求はこうだった。

『娘は、あなたが手に入れた宝と引き換えに』

と、英語で書かれていて、次の行には不可解な一文があった。

『dzgzhsrszwzrqblyf』

「だずぐぞ……？」

何度眺めても何と書いてあるか分からない。無理やり読んでみても、ちんぷんかんぷんだ。キーボードのかな打ち変換であったり、他の言語かと思ったが、どうもそうではないようだ。

沈黙に耐えられなくなった小松が、あの、と顔を上げる。

「君島さん、俺はやっぱり、今すぐにでも警察に知らせた方が良いと思うんだよな」

うな垂れていた君島は目を伏せたまま、いいえ、と首を横に振った。

「代表が絶対に知らせるなと……」

君島はすぐに周に連絡し、一連の出来事とこのメッセージを伝えると、警察に伝えず、自分が到着するまで待機するよう告げたという。

ドラマでは誘拐犯が身代金などを要求する際、『絶対に警察には知らせるな。もし知らせたら、娘の命はない』などと言った脅しをかけるシーンを目にする。

だが、それでも大抵の場合、警察に連絡をするものだ。

同じことを思ったのか、円生が、せやな、とうなずく。

「誘拐犯は大抵、『警察に知らせるな』って脅しをかけるやん？　けど、ほんまは犯人も被害者側が警察に連絡するのは織り込み済みって話やろ。なんやかんや言うても、一般人には何もでけへんもんや」

それまで黙って窓の外を眺めていた清貴が、ですが、と振り返った。

「周氏は『何もできない一般人』ではないですしね」

「まあ、せやな」

「何より犯人の言う通り警察に伝えていないのは、周氏自身に伝えられては困る何かがあるからかもしれませんよ」

なるほど、と円生が口角を上げる。

「たとえば、公にでけへん金を要求されてるとかやろか？」

君島は何も答えず、目を伏せる。

その時、君島のスマホに連絡が入ったようだ。

画面を確認し、弾かれたように立ち上がる。

「代表が到着されたそうです」

ロビーまで迎えに行こうと思ったのだろう。

君島は部屋を縦断して扉を開け、目の前に立ち塞がっている人物の姿に、虚を突かれたように大きく目を見開いた。

『君島、おまえが付いていていながら一体、何をやっているんだ！』

周浩宇だった。

ダークブラウンのスーツを纏っている。写真で見るよりもがっちりした体付き。とても威圧感がある雰囲気で、英語で声を荒らげる姿は迫力があった。

申し訳ございません、と君島は深く頭を下げる。

周はおさまりがつかないようで、君島の胸倉をつかみ、グッと拳を握り締める。

すると周のすぐ後ろにいた部下の一人が、『代表』と慌てて言った。

『君島さんは、梓沙さんの指示で大阪へ行っていたそうです。それにそもそも君島さんは梓沙さんに護衛から外されていまして……。それでも彼は護衛チームに加わっていたんです』

『それでも結果的に攫われてしまっては意味がない。おまえは、今日限りで解雇だ。明日から私の前に顔を見せるな』

君島は覚悟をしていたようで、何も反論せずに深くお辞儀をする。

周はこちらに視線を移した。

小松はすでに起立していて、清貴とともに深く頭を下げた。

「……君たちが、小松探偵事務所の面々か。ジウ・イーリンの紹介と聞いて少し安心していたんだがな」

周は流暢な日本語で言って、残念そうに息を吐く。

「大変申し訳ございませんでした。お嬢様を攫った男たちの姿をこのカメラに収めることができましたので、確認していただけますか？」

清貴は謝罪の言葉もそこそこに、カメラ付きピンバッチを見せながら言う。

「もちろんだ」

周はどっかりと一人掛けソファーに腰を下ろす。

清貴は小松に目配せをした。

小松は、了解、と自分のノートパソコンをテーブルの上に置く。

画像のデータは、すでにこのパソコンに落としてある。

すぐに再生しようとすると、あの、と君島が声を上げた。

「小松さん、プロジェクターがありますので、それを使ってください」

君島は手際よくプロジェクターの用意をし、壁に映像を投影させた。

映像は、二画面で映っている。

「左が僕のカメラ、右が小松さんのカメラです」

と、清貴が説明する。

「僕がつけていたカメラの方は犯人の一人とやり合ってしまっているので見にくいのですが、小松さんのカメラには、全体的な様子が映っているのではないかと」

その言葉通り、清貴のピンバッチカメラは画面が激しく動いて、何が何だか分からない。

だが小松のピンバッチカメラには、清貴が男と格闘する姿が鮮明に映っていた。

「…………」

周は険しい表情で画面に目を向けている。

円生はというと、驚くほどに冷ややかな表情だ。

映像を観終えた後、周は大きく息をついた。

「残念だが、あの車にいた男たちは私が雇った護衛たちだ。身元がしっかりしている元傭兵で、信頼がおけると思っていたんだが……」

もう一度息をついて、清貴の方を見る。

「君もプロなのか？」

いえ、と清貴は首を横に振る。

「僕は、『京都案内』に雇われただけの者です」

「……ただの案内人が元傭兵を相手にあそこまで?」

「幼い頃は体が弱かったので、祖父に格闘技を習わせられまして」

ふぅん、と周は頬杖をつき、鼻で嗤う。

「君の祖父は、国選鑑定人の家頭誠司だとか。そして君たちのことも調べさせてもらっているが、なかなか一筋縄ではいかないメンバーのようだ」

そう言った後、周は傍らに立つ男に目配せをした。

合図を受けた男はこくりとうなずいて、扉に向かって手を伸ばす。

入口の前にいたガードマンが部屋の扉を開けた。次の瞬間、スーツ姿の男たちが続々と入ってくる。

彼らは、素早くパソコンの設置などを始めた。

小松はこの光景に既視感を覚えていた。

警察がホテルなどに入り込み、準備をする様子にそっくりなのだ。

圧倒されている小松の向かい側で、円生が感心したように言う。

「こら、警察呼ぶ必要ないって思うてもおかしないな」

アッという間に『私設捜査本部』が完成した。

男たちが一斉にパソコンに向き合い、あちこちでキーボードを叩く音が響き出す。

周は咳払いをしてから、小松に目を向けた。

「小松さん、あなたは、ある組織に属していた優秀な人材だったとか」

小松の肩がぴくりと震えた。

「責任は私がすべて取る。どんな方法でもいい、梓沙の足取りを調べてくれないか」

小松は、彼が言う『ある組織』の内部事情をよく知っている。

正義の味方のイメージが強いが、実際は金と権力に弱い組織だ。

異国の大富豪が来日し、国内で誘拐された自分の娘を救うため、部下に違法なことをさせ、それが明らかになっても、その組織は咎めることができないだろう。

『責任は私がすべて取る』と言った周の言葉には説得力があった。

責任か、と小松は苦笑する。

梓沙が攫われてしまったのは、所長である自分の責任だ。

「分かりました」

小松は拳を握り締め、用意されているデスクに自分のノートパソコンを置いた。

すぅ、と息を吸い込んで、キーボードに手を伸ばす。

まずは大丸京都店、東洞院通側の出口付近のカメラを確認する。

そのカメラはどこの管轄なのかを調べて、そこのプログラムに侵入し、時間を設定して、該当する車の映像を確認。

プロジェクターに梓沙を乗せた車が映される。

映像を拡大すると、車内に梓沙の姿も確認できた。

おおっ、と室内に驚きの声が上がる。

『いたぞ！』

『お嬢様も乗っている！』

興奮に似た声が飛び交っていたが、小松はキーボードを叩くてを止めない。

車は西へと向かっている。すぐに次の位置のカメラを確認する。

今の時代、どこにでも防犯カメラが設置されているから、足取りを確認するだけなら、難なくできる。

車は烏丸通を突っ切り、そのまま西へ向かっている。

そして堀川通まで来て南下していた。

小松はキーボードを叩き続け、逃走車の映像を確認していく。

他のスタッフは手を止めて、プロジェクターに見入っていたなんて速さだ、という声も聞こえたが、得意になる気分でもない。

清貴は、周の耳許で訊ねた。

「犯人からのメッセージの最後に書かれていた、あの不思議な一文に心当たりはありますか？」

周は、いや、と首を横に振る。

「奴らは梓沙のスマホを使ってメッセージを送ってきていた。おそらく、梓沙が暴れたか何かして、あんな意味のない文が送信されてしまったのだろう」

そうですか、と清貴は相槌をうつ。

本当にあの一文は、意味がないものなのだろうか？

清貴は質問を続けた。

「犯人の要求――あなたが手に入れた宝とはなんのことでしょうか？」

小声だったが、その声は清貴のピンバッチを通して、小松の耳につけっぱなしになっているイヤホンに届いていた。

「……私は成り上がりだ。私が手に入れた宝というのは、金のことだろう」

「いえ、お金ではないでしょう」

「なぜ、そう思う？」

「実行犯はあなたが雇った者たちでした。とすると、これはお嬢様の日本旅行にターゲットを絞った周到な計画のようです。それなりに資金もある者たちでしょう。お金が欲しいだけなら、こんな大掛かりなことをしなくても、もっと簡単な方法はいくらでもある。なんなら、他の金持ちをターゲットにしてもいいわけです。単純に金銭の要求とは思えません。たとえば、あなたは他の人が持っていない特別な何かを所有していて、それはお嬢様と引き換えでなければ手に入らない……と彼らは本気で思っているのではないかと——」

ランチの時、梓沙が父親のことを『みんなが欲しがるものを手に入れた人だから』と話していた。

それは、ビジネスが成功し、手に入れた今の地位を指しているのかと思ったのだが、実際は本当に『皆が欲しがる何か』を手に入れたのかもしれない。

それを確かめるために、清貴は揺さぶりをかけていた。

小松はちらりと周を見たが、その表情には変化がない。

だが、ややあって、周は可笑しそうに目を細める。

「たしか君は、『京都のホームズ』と呼ばれているとか。だが、君は探偵よりも小説家の方が向いているかもしれないな……なんて、こんなお決まりの言葉を言いたくなるくらい、的外れな話だ」

「いえ、僕は実のところ探偵ではなく鑑定士見習いで、ついでに言うと小説家は父なのですが、お決まりの言葉は嫌いではありませんので、少し嬉しいです」

清貴はにこりと微笑む。

笑顔の攻防に小松は身を震わせながら視線を画面に戻して、キーボードを叩く手を速めた。

車は宇治川大橋を渡り、京都市伏見区に入ったところで足取りはつかめなくなった。

周辺のカメラを確認しても、姿は映っていない。

地図を確認すると、そこはさまざまな業種の倉庫が集まっているエリアだった。

「もしかしたら、この辺りに潜伏しているのかもしれません」

小松は額の汗を拭って言う。

その言葉にスタッフたちが、『伏見区だ！』『あの辺りの倉庫をしらみつぶしに調べるんだ！』と一斉に動き出す。

「さすが元精鋭部隊のプロ。私のスタッフでも及ばない、恐るべきスピードだった」

周は険しい表情のまま、感服した、と言う。

彼は厳しいが、他人の能力を認められる人間のようだ。

だが、小松は、嬉しい、とは感じなかった。

こんなのは在職時代、さんざんやってきた仕事で、体が覚えているだけのこと。

褒められるに値しない。

「とはいえ、ここまでの足取りがつかめたなら君たちはもういい。君島と一緒に出て行ってくれないか」

吐き捨てるように言った周に、君島の体がビクンと震える。

清貴がそっと君島の肩に手を載せた。

「では、あなたのスタッフよりも僕たちの方が早く梓沙さんを見付けることができましたら、君島さんの解雇を撤回していただけますか？」

小松はギョッとし、周は眉根を寄せる。

「外で待機していたスタッフは、すでに伏見に向かっているが？」

「ええ、そのくらいのハンデがあった方が良いでしょう」

周は目を瞬かせると、噴き出した。

「そこまで言うなら、私たちよりも早く娘を見付けてみたまえ」

「かしこまりました」

清貴は胸に手を当てて一礼し、小松、円生、君島に目を向ける。

「では行きましょう」

「お、おう」

小松はごくりと喉を鳴らして、拳を握る。

「お手並み拝見やな」

円生は少し可笑しそうに腕を組み、君島は青褪めたまま黙ってうなずく。

清貴、小松、円生、君島は、捜査本部と化したスイートルームを後にした。

2

「それでは、行きますよ」

清貴は、車の運転席に乗り込み、シートベルトをつけながら言う。

この車は君島が用意したものだ。

助手席に君島、後部座席に小松と円生が乗り込む。

清貴は車を発進させて、東大路通に出た。

皆がギョッとしたのは、通りに出てすぐのことだ。

もし伏見区に向かうならば、右折して南に向かわなくてはならない。

だが、清貴は左折し、北へ向かったのだ。

「あんちゃん、どうしてこっちへ？」

「そうですよ、家頭さん」

小松と君島が動揺するも、円生は愉しげに笑う。

「ホームズはんがこっちて言うんやから、こっちなんやろ」

「なんだよ、その揺るぎなき信頼」

「信頼て……この男は世界一、胡散臭い男やで」

「世界一は言い過ぎですよ」

清貴は肩をすくめ、隣に座る君島に一瞥をくれる。

「君島さんは、何か知っているのではないですか？」

その問いかけに、君島は口を結び、何も答えようとしない。

「では、話せることだけ答えてください。犯人の要求はお金ではありませんね？」

君島はこくりと首を縦に振る。清貴は質問を続けた。

「代表が雇った護衛が犯人の一味でした。おそらく内部に犯人と通じている者がいると思うんです」

そう問うと、君島が微かに首を傾げた。

「実は僕、あなたが犯人の一味ではないかと疑っていたんです」

そう言った清貴に、えっ、と君島は弾かれたように顔を上げる。

「大切なお嬢様が誘拐されたというのに、あなたはどこか落ち着かれていました」

「落ち着いてるなんて、そんなことは……動揺していましたよ」

「もちろん、動揺していたでしょう。ですが、『お嬢様がもしかしたら殺されているかもしれない』という危機感は伝わってこなかった。あなたは、お嬢様が無事であることを知っているのではないか、と感じたんです」

「あんちゃんは君島さんを犯人の一味だと睨んで、連れて来たのか？」

清貴は、はい、とあっさりうなずく。

君島の肩を持つ素振りをしながら、しっかり疑っていたのだ。

「ですが、僕が東大路を北へとハンドルを切った時、君島さんは心の底から驚いていた。その時の反応は本物でした。君島さんは、お嬢様の無事を知っている。けれど、どこへ行ったのかは分かっていない――といったところでしょうか。しかし犯人には心当たりがあるんですよね？」

ぐっ、と君島は言葉を詰まらせる。

「無理に答えなくてもいいですよ」

今はね、と清貴は笑って、北大路通まで来たところで西へとハンドルを切った。

その後、車内は、凍り付いたような空気だったが、

「結局、京都は大きな通りの方がまだ走りやすいんですよね。いかんせん道が狭くて、意外と車が多いので。『歩く町、京都』とはよく言ったものです。車向きの町ではないんですよ。バイクや自転車は便利ですが」

などと言って、清貴はいつもと変わらない様子で車を走らせる。

下鴨を通り抜け、賀茂川に架かる北大路大橋を走り抜けた。

左右に北大路商店街があり、さらに進むと立命館小学校が右側に見える。

堀川通を通り過ぎて千本通まで来たところで、清貴はハンドルを切り、北へと曲がった。

「源光庵(げんこうあん)に行く道やな。小娘はあそこで待ってるん？　俺の真似やん」

そう言う円生に、真似って、と清貴は笑う。

「残念ながら、源光庵までは行きませんよ」

そう言ってハンドルを切って、とあるホテルの敷地内に入り、隅の方に車を停めた。

「小松さん、このホテルの敷地内とロビーの映像をチェックしてください。おそらく一味は、タクシーに乗っているかと」

「ああ。分かった」

膝の上に置いてあったノートパソコンを開き、キーボードを叩く。

ここは、『アマノ京都』という比較的新しいホテルだ。

敷地内には、タクシーが多く行き交っている。

そんな中、一台のワゴンタクシーが入ってくる映像を確認できた。

そこから出てきたのは、あの時の護衛と梓沙だった。

「ビンゴだ、あんちゃん！　どうして分かったんだ？」

「そうですよ、お嬢様が乗っていた車は、伏見区へ向かっていたのに」

詰め寄る小松と君島に、清貴は小さく笑う。

「あの車が向かった辺りには、ヘリポートがあるんですよ」

ヘリポート⁉　と君島と円生は目を丸くし、小松は手をうった。

「そうか、『JPD京都ヘリポート』か！」

そうです、と清貴はうなずく。

「そして、ここ、鷹峯にもヘリポートがあります」

犯人たちは伏見まで車で行き、どこか死角になる場所に車を隠して、『JPD京都ヘリポート』へ向かった。そしてチャーターしていたヘリコプターに乗って、京都市北部のヘリポート、鷹峯へと移動したということだ。

そこからはタクシーで移動して、このホテルに来たというわけだ。

よく分かったなぁ、と小松は洩らす。

「……とはいえ、賭けでもありました。普通に伏見に潜伏している可能性もありましたから。そこは、代表のスタッフにお任せして、僕はこっちをと思ったんです」

「ほんでも、随分、セレブな誘拐劇やな」

円生は少し呆れたように言う。

そうですね、と清貴はうなずく。

「この『アマノ京都』もハイグレードなホテルとして知られていますし、あなたの言葉は真理かもしれません」

「真理?」

「セレブな誘拐劇――いいえ、セレブの、と言った方が良いかもしれませんね」

清貴は、ふっと口角を上げ、スマホに向かって呼びかける。

「――というわけで代表、梓沙さんの姿を確認できました」

おおう、と小松はのけ反る。

「なんだよ、俺たちの会話を聞かせてたのかよ」

「ええ、今も僕たちは、彼の責任下で動いていますから」

周の返事よりも先に、ホテルの敷地内に高級車が続々と入り込んでくる様子が目に入ってきた。

円生は、なんやねん、と片目を細める。

「まんまと尾行されてたやん」

「僕たちを放っておくはずがないでしょう。尾行には気付いていましたよ。これでもうチェックメイト。壮大な親子喧嘩にピリオドです」

親子喧嘩？　と小松と円生は目を瞬かせる。

「そうです。今回の騒動は、お嬢様の自作自演の誘拐劇です。君島さんも薄々感じていたはずです」

清貴は、ねっ、と君島に視線を送る。

君島は弱ったように目を伏せた。

3

『アマノ京都』のスイートルームも素晴らしかった。

全面の窓からはライトアップされた木々が見える。

大きなソファーには、梓沙が不貞腐れたような顔でどっかりと座っていた。

「――どうして、自作自演だと分かったの？」

梓沙は、自分の前に立ちはだかる清貴を睨むように見た。

清貴の後ろには、小松、円生、君島、そして周の部下たちが並んでいる。

今は周の到着を待っているところだ。

「あなたには不自然な点がいくつもありましたから」

「そうかしら？」

不本意そうな彼女に、清貴は、ええ、とうなずいた。

「まず、あなたがガイドをことごとくクビにしていったのは、あなたの息がかかっていない『腕の立つ者』を側に置きたくなかったから。もし置くならば、誘拐実行の際、何もできない人間が良いと考えていた。あなたが僕を採用したのは、『ぼんくら』だと思ったからです。出会うなりハイヒールを投げつけてきたのは、僕がどんな動きをするのか試験をしたんですよね？」

そうだったんだ、と小松は口をぽかんと開ける。

「僕は飛んでくるハイヒールを前にあえて反応しませんでした。実は、すぐにクビになりたかったからなんです。ですが、それが採用の決め手になった」

皮肉なものですよね、と清貴はそっと肩をすくめる。

「君島さんを護衛から外したのは思いやりですね。あなたは君島さんを今回の騒動に巻き込みたくなかった。だからクビにしたというのに、彼はいつまでも関わっている」

梓沙は口を一文字に結んでいる。

「せめて現場にいない方がいいと思い、あなたは『ハリー・ウィンストン』で買い物をしたいなどと言い出した。本当は『ハリー・ウィンストン』が京都にないのを知っていたんですよね？　お遣いに行かせる口実を作り、彼をその場から離れさせた」

清貴は一拍置いて話を続けた。

「大丸で買い物をした際、あなたはわざわざ見送りを断っていましたね。それはそうです。これから事件が起こるのを知っているわけですから、目撃者はできるだけ少ない方がいい。そうして計画は実行されました。あなたは被害者となって車に押し込まれた。その際、小さな悲鳴を上げていましたが、必死に抵抗はしていませんでしたね。本当の誘拐事件でしたら、あなたはもっと死に物狂いで抵抗したはずです。あの時のあなたはあなたらしくありませんでした。どうやら、あなたはモデルはできても、女優には不向きのようですね」

梓沙は、悔しそうに目をそらす。

「計算外だったのは、あなたが思うよりも僕の腕が立ったこと。あの時、あなたは車の中でとても驚いた顔をしていた。あれは僕の動きに驚いていたんですよね？」

清貴の問いかけに、そうね、と梓沙は腕を組む。

「……あなたがあんなに強いとは思わなくて、本気で焦ったわ」

でもよ、と小松が口を開いた。

「どうして、ヘリに乗ったのが分かったんだ？」

「お嬢様の自作自演ではないかと仮定して考えた結果ですよ。彼女は車の中でいつまでも身を潜める人ではない。汚い倉庫もごめんだと思うタイプです」

そうだな、と小松は心から同意する。

「となると、ホテルに移動する可能性が高い。車が見えなくなった辺りに彼女が好みそうなホテルはない。それじゃあ、なぜあの場所に向かったのか――？　そういえば、あの場所にはヘリポートがあった。そう気付いた時、ヘリを使って鷹峯へ移動するという案が、僕の中で一番しっくり来たというわけです。何よりそうすることで、父親の目を欺けるわけですから」

なるほど、と小松は納得する。

「とはいえ、先ほども言いましたが、確証があったわけではないですし、半分は賭けでしたがね」

「それじゃあ、あの変な暗号は？」

ああ、と清貴は微笑む。

「あれは、『アトバシュ暗号』ですよ」

うん？　と小松は首を傾げる。

「アトバシュ暗号は決められた順序の文字を逆に変換して解読するんです。アルファベットでしたら……」

正↓ABCDEFGHIJKLMNOPQRSTUVWXYZ

逆↓ZYXWVUTSRQPONMLKJIHGFEDCBA

「あのメッセージは、『dzgzhrsrszwzrqblyf』でしたね。それを正しい位置に変換すると……」

ええと、と小松は、逆文字を正位置へ変換する。

『watashihadaijyobu』

「……私は大丈夫」

小松はその言葉を口にして、なんだそれ、とぽかんとする。

「これは、梓沙さんから君島さんへのメッセージでしょう。梓沙さんは、君島さんに向かって『死んだ目だ』と仰っていたじゃないですか。下鴨神社では『死んだ目だ、返上よ』とも。この言葉、少し奇妙に思いませんでしたか？」

ああ、と小松は強く首を縦に振る。

君島は死んだような目をしてるわけじゃない。また、その汚名を返上するにしても、言うとするなら『死んだ目だ、返上よ』ではなく、『死んだ目、返上よ』だろう。

「『死んだ目だ』を逆さに読んでみてください」

小松は戸惑いながら、『しんだめだ』という文字を脳内に思い浮かべる。

「だめだんし……、あっ、『ダメ男子』か」

「そうです。あと、梓沙さんは僕に会った時、君島さんに向かって、『デザート』とつぶやいていました。ですが、君島さんは彼女にデザートを出さなかった」

「それも逆さに読むのか？」

でも、『トーザデ』って意味分からないよな、と小松は首を捻る。

「日本語ではなく英語ですよ。『desserts』を逆から読むと『stressed』。『ストレスだわ』という意味になります」

そういうことか、と小松は手をうち、円生は納得した表情を浮かべた。

「今のことからも窺えるように、梓沙さんと君島さんは常日頃から逆さ言葉であったり、アトバシュ暗号であったりと、他の人には分からないような方法でメッセージを送り合っていた。しかし今回の計画は梓沙さん単独のもので、君島さんには知らせていませんでした。おそらく事前に伝えていたら、彼に反対されるからでしょう。事件発覚後、梓沙さんは、彼に心配をかけさせたくないと、あのメッセージを送ったわけです。……こう考えると、一つの結論が出てきますね」

清貴は口の前に人差し指を立てて、ふふっと笑う。

二人がそれだけ親密だった、つまりは男女の仲だったということが推測される。

梓沙と君島は弱ったように目を伏せる。

二人の頬がほんのり赤くなっていった。

その様子を見て、円生が痺れを切らしたように舌打ちする。

「なんやねん。小娘はしっかり父親の部下とええ仲になっておきながら、父親の恋人が気に入らへんて、それでこんな大騒ぎて、傍迷惑にもほどがあるやろ」

違うわっ、と梓沙は弾かれたように言う。

「もちろん、パパに恋人ができたのは面白くなかったけど、そんなことだけでこんなことしない」

「ほんならなんや」

「あなたには関係ないでしょう」

梓沙は腕を組んで横を向く。

おいおい、と小松が手を伸ばしてなだめていると、清貴が一歩前に出た。

「『オリエンタル・ホープダイヤ』ですよね」

梓沙は、虚を突かれたように大きく目を見開く。

「あなたが、お父様に要求したのは、二十カラットのブルーダイヤ。通称『オリエンタル・ホープダイヤ』ではないですか？」

え……、と小松も円生も驚きの表情を浮かべる。

「それって、敦子さんの……？」

そうです、と清貴はうなずくと、梓沙は戸惑ったような顔を見せた。

それに応えるように清貴は口を開く。

「梓沙さん、実は僕たちは、ダイヤの所有者と知り合いでした。その方が昨日、僕を訪ねてきましてね。彼女はこう言ったんです」

『今日な、遠目やけど八坂さんの近くで、前に私のとこに石を売ってほしいて何度か熱心に言うてきてた男の姿を見掛けたんや。思わず写真を撮ってしもて』

清貴は敦子の言葉を伝えてから、内ポケットからスマホを取り出し、画面をかざす。

「その写真を僕にも送ってもらったんですが、この方が写っていました」

小松と円生は首を伸ばすようにして画面を確認したが、梓沙は誰が写っているのか分かっているようで、見ようとしていない。

「君島さん、だよな」

　写真に写っているのは、君島の姿だった。

「あなたはずっと『オリエンタル・ホープダイヤ』が欲しいと思い、君島さんを遣いにやっていた。敦子さんは『とても熱心で誠意があって、こないことになるなら、あの人に売ったら良かった』と仰っていました」

　話を聞きながら梓沙は奥歯を噛みしめ、そうよ、とゆらりと顔を上げた。

「……今私が担当しているアパレルブランド『華』は、元々ママが立ち上げたもの。ママがパパに負けたくないって、人生を賭けていた会社よ。私は十六歳になってから手伝わせてもらえるようになって、母娘二人三脚でがんばってきた。だけど、ママは亡くなってしまった。その後、私が『華』を引き継いだわ。私にとって『華』はママの意志で、ママの存在証明そのもの。『華』の仕事をがんばることで、ママがいない寂しさや悲しみを紛らすことができた」

　梓沙は一拍置いて、話を続ける。

「秋に、香港の博物館で『オリエント・ホープダイヤ』の展示があったの。田所敦子さん所有のダイヤが日本の博物館経由で貸し出されたのよ。それを見て、私はママの蒼い瞳を思い出して涙が出た。あのダイヤを会社の宝に……『華』のシンボルにしたいと思った。

だから君島に遣いに行ってもらって、何度もお願いしていたのよ」

そんな頃よ、と梓沙は拳を握り締める。

「お父様に恋人ができたんですね？」

「そう！　ママが死んだ後もずっとママだけを愛してるって言っていたのに、結婚式の時は『死が二人を分かつとも愛してる』って誓ったくらいなのに、腹が立った。けど、それよりもね……」

梓沙の目がみるみる充血し、真っ赤になっていく。

「相手の女が私にこう言ったのよ。『私、代表におねだりしたの。どんな指輪よりもオリエンタル・ホープダイヤのネックレスが欲しいって。そしたら代表はね、君のためにどんな手を使っても手に入れよう、って言ってくれたのよ。あなたも欲しがっていたみたいだけど、ごめんなさいね』って。そしたらこの盗難事件よ！　パパは非人道的な手段でダイヤを手に入れた。パパはママを裏切っただけじゃなく、パパを信じているすべての人を裏切ったの！」

梓沙はそう叫んで、泣き崩れた。

ふむ、と清貴は腕を組む。

「それであなたは、お父様からダイヤを奪おうと……」

「せやけど、それを奪い取って、今度は自分の物にしたら同じやん」

そう言う円生に、梓沙は涙を流したまま睨むような目を見せる。

「そんなの、もちろん、田所さんにお返しするつもりだったわよ。その上で、引き続き粘り強く交渉できたらと思っていたわ」

梓沙がそう声を上げた時、清貴は手にしていたスマホに向かって呼びかける。

「――代表、聞いておられますね。これが、あなたの娘さんが起こした今回の事件の真相だそうです」

びくん、と梓沙の体が震えた。

その時、扉が開き、周が部屋に足を踏み入れた。

周は、梓沙を見るなり、大きく息をつく。

『事件のすべては、おまえが仕組んでいることだと気付いていた。おそらく私と彼女のことが気に入らなくてやっているのだろうと……』

会話は英語だったが、小松のスマホのアプリが聞き取り、日本語に翻訳してくれたので、何を話しているかは分かる。

『そんなことで、こんなことしない』

『私は、おまえがあのダイヤを欲しがっているなんて知らなかったんだ』

『パパは、昔から私の学校の成績以外、興味ないものね』

と、梓沙は吐き捨てるように言って、周を睨んだ。

『私が怒ってるのは、私が欲しがってるものを恋人にプレゼントしようとしてるってことじゃないわ。パパが手段を選ばずに、あのダイヤを手に入れたからよ！　だから私は同じように非人道的なことで奪い取ろうと思ったの。大切な家族にそんなことされる気持ち、少しは分かってくれた？』

声を荒らげる梓沙に、周は弱ったように首を横に振る。

『違うんだ、梓沙』

『何が違うの？』

梓沙に強く問われ、周は一瞬、口ごもった。

代わりに清貴が口を開く。

「代表は、まだあのダイヤを手に入れていないんですよね？」

えっ、と梓沙は目を見開いた。

黙って話を聞いていた小松が身を乗り出す。

「まだ、ってどういうことだ？」

「言葉通り、代表はこれから手に入れる予定なのでしょう。そのために来日した」

清貴は、周に一瞥をくれる。彼は観念したようにうなずき、日本語で答えた。

「明日の夜、大阪でシークレット・オークションが行われる。あのダイヤは、そこに出品される予定だ。私はそれを落札しようと思っていた」

シークレット・オークションとはすなわち、闇オークションのことだろう。

なるほど、と小松は納得する。

「華亜の代表が欲しがっているという噂を聞きつけたプロ集団は、ダイヤを盗みだすことにした。だけど、あれだけのものだ、国外に出すのは骨が折れる」

円生がうなずきながら話を引き継ぐ。

「せやからオークションは国内でやってしもて、運送は落札した富豪に任せることにしたんやな」

そういうことです、と清貴は首を縦に振る。

周は大きく息を吐き出した。

「ダイヤの盗難は……私が手を下したわけではないが、ある意味、私がやらせたようなものだろう。あれは私が落札するべきではない」

「なにそれ、それじゃあ、私に落札を譲るって？」

鼻で嗤う梓沙を前に、周は首を横に振った。

「……シークレット・オークションは、明言はしていないが盗難品ばかりだ。もし、その地下会場に警察が踏み込んだら……盗難品は、被害届を出している持ち主に戻るだろう」

梓沙は絶句して、大きく目を見開く。

「あまり大きな声では言えないが、私はシークレット・オークションに招待された、いわばつながりがある人間だ。そんな私が通報するのは気が引けるが、幸いなことに、ここには優秀な探偵がいるようだ」

周は振り返って、小松、清貴、円生を見た。

通報は、彼らに任せよう。

みなまで口にしなかったが、そんな周の意思は伝わってきた。

清貴は胸に手を当てて、頭を下げる。

「お任せください」

小松も慌ててお辞儀をしたが、円生は肩をすくめただけだった。

＊

――翌日、大阪某所繁華街の地下で闇オークションが開かれていたところに警察が踏み込み、一斉検挙となった。

オークションに掛けられていた盗難品の数々は少し時間がかかるが、被害届が出されていた所有者の許に戻るという。

警察から報告を受けた敦子は、もう決して戻ってこないと思っていた宝物が返ってくると知り、『狐につままれた気分や』と呆然としながらも嬉しそうに言っていた。

4

そうして、嵐のようだったお嬢様の京都滞在も最終日を迎えた。

小松、清貴、円生、そして葵は、ホテルの部屋に招かれ、座り心地の良いソファーに腰を下ろして、君島が淹れた紅茶を飲んでいた。

「今回は、あなた方のおかげで、素晴らしい京都旅行になったわ。本当にありがとう」

梓沙は、憑き物が取れたような明るい笑顔でそう言う。

いえいえ、と一同は揃って首を横に振る。

「僕はマイペースにやらせてもらっただけですし」

にこやかに言う清貴に、たしかにそうだったな、と小松は頬を引きつらせる。

「俺はなんもしてへん」

そう言う円生に、本当に何もしてなかったな、と小松は強く同意する。

「いろいろあったみたいですけど、素敵な京都旅行になったなら良かったです」

葵が微笑むと、梓沙は嬉しそうに頬を緩ませる。

「ありがとう。私、歳の近い子と仲良く観光とかしたことがなかったから、葵と京の町を歩けて、本当に楽しかったわ。それにね……」

なんだろう？　と葵は小首を傾げる。

「ううん、なんでもない」

梓沙はごまかすように笑い、そうだ、とテーブルの上にずらりと並んでいる『ヴァンリリーフ&アナベル』の箱に向かって手をかざした。

「良かったら、お礼に一つプレゼントするわよ」

「そんな高価なものをいただけません」

葵は目を丸くし、首と手を振った。

あら、と梓沙は頬杖をつく。

「高価じゃなかったら、受け取れた？」

そう問われて、葵は弱ったような表情を見せる。

「……そうかもしれません」

「それって、ちょっと変だと思わない？　私にとっては感謝の気持ちよ。それを値段で受け取るか受け取らないか決めるって」

突っ込んで問う梓沙に、横で聞いていた小松も思わず考えてしまった。

しかし葵は迷わずに、いいえ、と首を振る。

「何事も『適した価格』ってあると思うんです。梓沙さんがどう思ってくれたかは分かりませんが、私の中で、私のした仕事は、あそこまで高価な品を受け取るに値していないんです」

ふぅん、と梓沙は腕を組む。

「それじゃあ、あなた自身が『受け取るに値する仕事ができた』と自負したら、受け取れるってこと？」

「はい。その時は喜んで受け取りたいのです。でも、そうじゃなければ、歪みが生まれてしまう気がして」

「歪みって、どこが歪むの？」

「私の中の軸だったり、芯の部分が、です」

はっきりと答えた葵に、梓沙は目を見開いた。

その後に、そう、と小さく笑って、ジュエリーの箱に視線を送る。

「……私がデパートで買い物をしていた時、あなたは小松さんとボソボソ話していたけど、あれはどう思ったのかしら？　本当は私が無駄遣いをしてると思った？」

小松は激しく首を縦に振りたかったが、いえ、と葵は首を横に振る。

「ジュエリーを見る梓沙さんの目がとても真剣だったので、そうは思いませんでした。ただ、世界が違いすぎて、圧倒しました。正直もやもやした気持ちにもなったんです。でも、羨ましかったわけではないんですけど……」

葵の言葉のすべてが、本心であるのが伝わってくる。

それは梓沙も同じだったようで、しっかりと葵に向き合った。

「あなたも聞いたかもしれないけれど、うちのアパレルブランド『華』は、私が担当している。『華』では、これからアジアで活躍するスター向けのファッションを作ろうと思っているの」

葵は黙って相槌をうつ。

「ネット配信の普及もあって、今やアジアのドラマは世界中で観られているわ。日本でも人気でしょう？」

はい、と葵は答え、「うちの奥さんも大好きだな」と小松がつぶやく。

「そんなスターがドラマに出る際、一話のギャラがどのくらいか知ってる？」

その問いに、皆は揃って小首を傾げた。これぱかりは清貴も知らないらしい。

「君島は答えられるわよね？」

と、梓沙は顔を上げて、君島に問いかける。

彼は、はい、とうなずいた。

「たしか日本円で一話、二千万から三千万という話ですね」

ええっ、と葵と小松は目を剥いた。

「一話で、ですか？」

「それじゃあ、全話で億の金ってことか⁉」

ええ、と梓沙は腕を組んでうなずく。

「『ヴァンリリーフ&アナベル』の『マーガレット・シリーズ』はアジアのスターの間で人気が高まっているジュエリーよ。うちはこれに合わせたファッションを作っていきたいの。何より『マーガレット・シリーズ』と合わせることで、『華』が、ハイブランドだというイメージも植えつけられる。スターたちが着てくれるようになったら、彼らや彼女たちに憧れる世界中の人たちが、『華』を求めてくれるようになるわ」

説得力のある言葉に、小松は圧倒された。

そう聞くと、あの爆買いも会社のための先行投資だと思えた。

葵も納得した様子だ。

だが、まだ疑問があるようで、葵は不思議そうに訊ねた。

「でも、どうしてわざわざ京都旅行中に？　香港にも売っているはずですよね？」

「あら、変なこと訊くのね。京都はパワースポットなんでしょう？　どうせなら縁起の良いところで買いたいじゃない」

葵は、ふっ、と表情を緩ませる。

「京都はパワースポット。それは保証します」

「保証してくれるの？」

はい、と葵はうなずいた。

「私の人生を変えてくれた町です」

「いい言葉。私の人生も変えてくれたかもしれないわ。ねっ、その言葉、もらってもいいかしら？」

突然の申し出に葵は、はあ、と答える。

やがて『華』のキャッチコピーが『私の人生を変えてくれるファッション』になるのだが、葵がそのことを知るのは少しだけ先の話だ。

「今回、京都に来て『華』に和のテイストを加えたデザインも作りたいって思ったの。完成したら葵にモデルをしてもらいたいわ。『キモノフォレスト』を背景に、これまでにない妖しい美しさを醸し出す葵の姿、見てみたい」

そう言う梓沙さんに葵は「そんな」と目を泳がせ、清貴がするりと話題を変えた。

「梓沙さんは、この後、すぐに香港に帰国するのでしょうか？」

清貴の問いに、梓沙は、ええ、と答える。

「だけど、その前に田所敦子さんのところに挨拶に行く予定よ。やっぱり、あのダイヤが欲しいもの。粘り強く交渉していくの」

そうですか、と清貴は微笑む。

こんなにも熱くあのダイヤを愛している梓沙だ。

きっと、いつか敦子の気持ちも解きほぐされるのかもしれない。

小松はそんな予感を胸に抱き、頬を緩ませた。

第六章　支える者

1

お嬢様騒動に振り回されてから、数日。
円生は何をするわけでもなく、小松探偵事務所の二階にある自室にいた。
「暇やな」
と、畳の上に横たわったままつぶやき、天井の木目を眺める。
子どもの頃、木目が人の顔に見えていた。
その頃の癖なのか、今も見ている先に人の顔が映し出される。
木目の黒々とした部分が、葵の瞳に見えてきて、円生は目をそらした。
視線を移した先の座り机の上には、スケッチブックが積み上げられている。
腕を伸ばして、スケッチブックをパラパラとめくった。
最初のページは、牡丹や椿などがスケッチされていたが、後半は白紙のままだ。

これは、柳原邸に身を寄せていた時に描いたもの。

あの家を出てから、『なんとなく絵を描く』ということをしなくなってしまった。

描くならば傑作を、と心の中で思っている。

上海のホテルで何かに取り憑かれたように描いた『夜の豫園(ゆいえん)』を超える作品を生み出したい。

強くそう思い、描きたいという気持ちもあり、心は焦っているのに、この手が動かないのだ。

ふと、清貴の言葉を思い出す。

『柳原先生のところでは、何かしら描いていたと聞いていましたが』

『落書きみたいなものや。「作品」とはちゃうし』

と、伝えると、

『別にそれで良いと思うのですが』

清貴はさらりとそう言っていた。

「せやけど、落書きしたってしゃあないやろ」

円生は肘枕をして、ふぅ、と息をつく。

スケッチブックの横には、若冲の絵が表紙の御朱印帳があった。

清貴にもらったものだ。

「どうせ暇やろうし、御朱印集めでもしてろってことやろか」

円生が御朱印帳を持ち上げると、一枚の紙が、はらり、と舞うように落ちた。

なんやろ、とその紙を拾い上げる。

どうやら、メモ書きのようだ。日時とともに、『若冲展を観に行きませんか?』と書かれている。

スマホで京都国立博物館の公式サイトを開き、指定日を確認する。

だが、その日は休館日だった。

「……なんやねん、これ」

瞬時に、不敵に微笑んでいる清貴の顔が頭に浮かび、円生は眉を顰めた。

その時だ。

「ひゃっほー」

一階から小松の奇妙な声が聞こえてきて、円生の体がびくっと震えた。

「なんやねん」

円生は御朱印帳とメモ紙を持ったまま、体を起こして階段を降りる。

「オッサン、なに変な声出してるんや」

オフィスに顔を出すと、小松がデスクに座り、パソコンを前に諸手を上げている。

「……パソコンのやりすぎで、ついに頭沸いてしもたん？」

違うよ、と小松は勢いよく振り返る。

「周から報酬が振り込まれたんだ。それがもう……すごい金額で……良かった、しばらく祇園にいられる」

小松は心底嬉しそうに言って、ぐずっと鼻を鳴らす。

「どんだけ喜んでんねん」

にしても、と円生は腰に手を当てる。

「いくらもろたのか知らへんけど、葵はんは、自分はそこまでの仕事をしていないから受け取れません、みたいなことを言うてたのに、あんたはしっかり受け取るんやな」

「そりゃそうだよ。俺はともかく、あんちゃんはいい仕事したんだ。小松探偵事務所として、受け取るに値する」

いやほんと、と小松は続ける。

「あんちゃんのおかげなんだけどな。ちゃんと分配しないと。あと、嬢ちゃんにバイト代も弾まないと……」

その言葉を聞きながら、円生は肩をすくめた。

「あんたかて、えらい活躍したやん」

いやいや、と小松は苦笑する。

「俺はそんな大したことはしてないよ」

小松のハッカーの腕は、おそらくその世界でもトップクラスだろう。それなのに、小松は自分はすごいという自覚がない。自己評価が低いというよりも、あまりに簡単にできてしまうから、すごいとは思えないのだろう。

「あんたはあんたで、なかなか気色悪いし」

何がだよ、と小松は顔をしかめたが、すぐに明るい声を上げた。

「それより、打ち上げしよう」

「ご馳走ならいつでも歓迎やで」

「せっかくだから、新年会も兼ねたいよなぁ。嬢ちゃんも誘わなきゃなぁ。嬢ちゃんがいなかったら、あんちゃんは一日目でクビになってただろうし」

せやな、と円生は小さく笑う。

「そういえば、梓沙さんと最後に会った時、彼女、嬢ちゃんに向かって何かを言いかけてただろ？」

そんなことあったやろか？　と円生は眉根を寄せる。

「あったんだよ」

と、小松は、梓沙の言葉を口にする。

「『私、歳の近い子と仲良く観光とかしたことがなかったから、葵と京の町を歩けて、本当に楽しかったわ。それにね……』って」

そこまで言いながら、梓沙は続きを言わなかったのだ。

「ああ、そないなこと言うて、もじもじしてたな」

「だろ。俺もだけど、あんちゃんも気になってたみたいで、帰り際に梓沙さんにこっそり訊いてたんだ。『梓沙さん、さっきは葵さんになんて言おうとしていたのでしょうか？』ってな」

ふむ、と円生は腕を組む。

「そしたら、梓沙さん、こう答えたんだってよ」

小松は、ぷぷっと笑いながら、梓沙の回答を口にする。

その言葉を聞いても円生は、同じように笑う気分になれず、立ち尽くす。

「どうした？　呆けた顔して」

「あ、いや」

「おっ、それはあんちゃんにもらった御朱印帳か？」

小松は、今気が付いたように円生の手に視線を送る。

ああ、と円生は肩をすくめる。

「なんや、メモ紙も入ってたし」

どれどれ、と小松はメモを見てから、感心の息をついた。

「へぇ、『若冲展』かぁ。今人気だから、すごい人だろうな」

「けど、そこに書いてる日は、休館日やねん」

「それじゃあ、関係者とかが先に観られる『内覧会』があるんじゃないか？」

内覧会？　と円生はスマホを手に検索する。

公式サイトには、内覧会の案内などは書かれていない。だが、その指定日にはまだ『若冲展』が開催されていないのだ。小松の言う通り、内覧会の可能性は高い。

「指定日までもう少しじゃないか。早めに気付いて良かったな。いやぁ、あんちゃんの計らいだなぁ」

嬉しさはあっても、誰かに口にされると、どうしてもイラッとしてしまう。

素っ気なく言って、円生は背を向ける。

「忌々しい」

小松がニヤニヤしているのが分かったので、振り返らずに二階へと戻った。

2

そうして、内覧会の日。

円生は、京都国立博物館へ向かっていた。

博物館の場所は七条にあり、梓沙が滞在していたホテルのすぐ近く。向かいにある三十三間堂も有名だ。

人気の展示会ともなれば、博物館の前は長蛇の列になるが、今日は休館日のため、ひと気は少ない。

内覧会の参加者たちの姿が、ちらほら見受けられる程度だ。

入口前には、清貴と葵の姿があった。

「円生さん」

明るい表情で手を振る葵の横で、清貴が意味深な笑みを浮かべている。

「なんやねん、その顔は」

「いえ、忍ばせていたメモに気付けて良かったと思いましてね」

「……気付かへんかったら、どないするつもりやったん？」

「縁がなかったんだなと思うだけです」

清貴は、ふふっと笑って言う。

相変わらずの忌々しさに、思わずこめかみが引き攣った。

まあまあ、と葵が間に入って、なだめた。

「そう言いながらホームズさん、小松さんから円生さんがちゃんとメモに気付いた話を聞いて、ホッとしてたんですよ」

小声で伝える葵の姿を前に、今度は頬が緩みそうになって、円生はそれを堪える。そのせいで必要以上に険しい表情になったようで、周囲の者たちの体がびくっと震えた。

怖がらせたかもしれない、と慌てるも、葵は変わらずににこにこしている。

「それでは、入りましょうか。祖父に戻って来てもらわないと」

聞くと内覧会は、一通の招待状で二名まで入場できるという。家頭家には、家頭誠司と清貴、それぞれに招待状が届いていたそうだ。

首を伸ばして確認すると、オーナーは既に敷地内に入り、関係者と談笑していた。

清貴の呼びかけでオーナーは戻ってきて、皆がゲートを通り抜けることができた。

若冲の展示会ともなれば、普通は入るのにも苦労するだろう。こうした特別扱いを心地良いと感じると同時に、嫌悪感も抱く。

まったく自分は厄介だ。

円生が苦笑していると、オーナーがニッと笑う。

「こういうのも縁や。葵ちゃん、円生、今日は楽しんでいってや」

そう言って、オーナーは再び、知人の許へと向かった。

あの翁も清貴ほどではないにしろ、鋭い一面を持つのかもしれない。

清貴は、腕時計を確認して、顔を上げた。

「始まるまで少し時間がありますし、せっかくですから京都国立博物館について、お話ししましょうか」

葵は、ぜひ、と嬉しそうに両拳を握る。

「京都国立博物館の通称は『京博』、ついでに言うと、東京国立博物館が『東博』と呼ばれています。この広大な敷地は元々、方広寺（ほうこうじ）だったんです」

へぇ、と円生は腕を組む。

「『京の大仏』の寺やな」

「京の大仏？」

葵はよく分からないようで、小首を傾げている。

「かつての方広寺は、『京博』はもちろん、妙法院（みょうほういん）や豊国神社（とよくにじんじゃ）、三十三間堂などを寺域に含むほどの規模でした。秀吉はそんな方広寺に東大寺の大仏よりも大きな大仏を安置したんです。『京の大仏』と呼ばれて親しまれていたんですが、何度も焼失しましてね。昭和の焼失後は再興していないんですよ」

そうだったんですね、と葵は少し残念そうに言う。

「話を戻しまして、『京博』といえば、重要文化財に指定されたこちらの建物がシンボルでしょう。本館と呼ばれてきましたが、現在は『明治古都館』という名称です」

清貴は、まるで宮殿のようなレンガ造りの建物を仰ぎ見る。

「この明治古都館、設計者は、明治時代に活躍した建築家、片山東熊(かたやまとうくま)です。彼は工部大学校——現在の東大工学部で学び、イギリス人の建築家、ジョサイア・コンドルに師事しました」

誰だろう？　と葵は首を捻り、円生は眉根を寄せる。

「ジョサイア・コンドルは、日本に本格的な洋風建築を普及させるために、大学がイギリスから招いた建築学の教師です。創成期の日本人建築家を育成した立役者ですね。片山東熊はコンドルの最初の学生の一人でした」

話を戻しまして、と清貴は手を合わせる。

「片山東熊はコンドルの許で学び、欧州視察もして、やがて『京博』の設計に携わります。

見てください、この宮殿のような建物。表門から札売場、袖塀に至るまでため息が出るほど緻密で美しいですよね。間違いなく京都の宝です。さらに百年後、いや三百年後の未来に受け継ぎたい、素晴らしい建築物です」

清貴は両手を開いて、熱っぽく言う。

この国の、ではなく、『京都の宝』と言い切る。

この男は相変わらずやな、と円生は頬を引きつらせ、あらためて『明治古都館』を仰ぐ。

たしかに、素晴らしい建物だ。

その美しさと荘厳さは、異国の宮廷と比べても遜色ない。

実際に異国の宮廷を前にした時は、美しさだけには浸れない。血で血を洗うような争乱の歴史が持つ、空恐ろしさが伝わってくることがあるのだ。

だが、この建物にはそもそも血腥い歴史がない。そのためか、建物を覆う雰囲気が清廉だった。

清貴は説明を続ける。

正面玄関を中央に、左右対称に十七の部屋が配置されているという。

玄関口の上の破風飾りには、中央に菊家紋、左にはノミと槌を持った毘首羯磨。右には巻物と筆を手にした伎芸天。どちらも仏教の神だ。

洋風の建築には、ミスマッチに思えるが、毘首羯磨と伎芸天は美術工芸の神。和洋さまざまな美術工芸品が展示される博物館に相応しいモチーフだと感じさせる。

「今この建物は、『明治古都館』という名になり、隣の新しい建物が『平成知新館』です。『明治古都館』は改修工事に入るため、現在は展示は行っていません」

清貴がそう言うなり、葵は残念そうに眉を下げた。

「ですが、年に数回、特別公開を行っていますし、有料でホールの貸し出しもしているそうですよ。漆喰の白を基調とした広間でして、柱の台座、柱頭、軒飾りと至るところに西洋建築の装飾技法が使われている、神聖さすら感じさせる美しいホールなんですよ」

ホールを想像したのだろう、葵はうっとりとした表情だ。

「今度、特別公開の時、入ってみたいです」

「ええ、ぜひ、今度行きましょうね」

結局デートの約束かいな、と円生はうんざりして肩をすくめる。

そうしていると、時間になり、『平成知新館』へ向かった。

『平成知新館』は、『明治古都館』とはうって変わり、近代的で洗練されている。

光に溢れたグランドロビー、窓の向こうには広がる庭園と『明治古都館』を望むことができる。

一方の展示室は文化財の保存を考えて、自然光を遮断し、完璧な空調設備を整えているという。まさに先端技術を誇る最新の博物館だ。

「そうそう、『京博』といえば、忘れてはならない存在がいるんです」

急に真剣な表情を見せる清貴に、円生と葵は足を止めた。

これから大事な話が始まるに違いない――そう思ったのだが、

「『京博』の公式キャラクターでPR大使の『トラりん』です」

清貴はそう言って、来客を出迎えている虎の着ぐるみに目を向ける。

虎といっても、黄色に黒の縞模様ではなく、白とグレーに黒の縞模様だ。

「尾形光琳（おがたこうりん）が描いた愛らしい虎の絵、『竹虎図（たけとらず）』がモチーフになっていて、正式名称は『虎形　琳ノ丞（こがたりんのじょう）』、略して『トラりん』です。とても愛らしいですよね」

清貴は頭が大きく少しずんぐりとした虎の着ぐるみ――『トラりん』を眺めながら嬉しそうに言う。

「いきなり真顔で何を言い出すんや思たわ」

円生が少し呆れながら言う横で、葵がふふっと笑っている。

「ホームズさんって、ほんとにゆるキャラ、大好きですよね」

「え、そうなん？」

意外や、と洩らすと、葵は愉しげに続ける。

「可愛いものが好きなんですよ」

「ほんで、彼女がゆるキャラみたいなんやな」

えっ、と葵は目を瞬かせ、清貴は、やれやれ、と首を横に振った。

「まったく、何を仰いますか。でも、葵さんのグッズができたら欲しいですね」

「『アオりん』やな」

アオりんって、と葵は頬を赤らめる。

「では、『トラりん』と写真を撮りましょうか、アオりん」

「ホームズさんまでアオりんって」

そんな話をしながら、『トラりん』と記念撮影をしていると、スタッフがやって来て、説明をしてくれる。

日頃の感謝と、『若冲展』開催にあたっての苦労を笑い話に交えて。

その後、自由に見学ができた。

少ない人数の中、ゆっくりと観て回れて、スタッフに直に話を訊くこともできる。

本当に贅沢なことだ。

円生はあえて二人と距離を置き、少し間を置いてから順路を回ることにした。

まず目に入ったのは、若冲の大作と言われる巨大な三連作『釈迦三尊像』。中央に釈迦如来、左右には、普賢菩薩像と文殊菩薩がある。

眺めていて、思わずごくりと喉が鳴った。

華麗であり、荘厳。圧倒されるのに、作品からは絵師の感情――特にエゴが伝わってこない。

無の状態で描いたのだろうか？

それにしても、これだけの作品を生み出しながら、若冲はその後も作品を描くことができたのだろうか？

――と、そんなことを思ってしまう。

次の展示は、『動植綵絵』だ。

これも若冲の最高傑作連作と言われ、先ほどの『釈迦三尊像』の周囲を飾る荘厳画として描かれたという。

円生も知識としては知っていて、資料などで観たことがある。

だが、実際に目にするのは、初めてだった。

『動植綵絵』の一枚目は、『芍薬群蝶図』。

作品を前にして、呼吸を忘れる。

美しく咲く芍薬の周りを、蝶が舞っている。

花の甘い香りが鼻先に届き、今にも蝶は次の花へと飛んでいきそうだ。

緻密で写実的で、繊細なのに力強い筆致。

絵を描いていて常々思っているのは、『絵師は写真を上回らなくてはならない』ということだ。

おそらく、カメラを使う多くの者が一度は思ったことがあるだろう。

『目で見た光景には敵わない』と。

たとえば美しい月を見上げたり、山の上から渓谷を眺めた時、この美しい光景を描きたいから、と写真に撮ることがある。だが、目で見たままの美しさが撮れることはまずない。

そうした写真が撮れる者は、プロだ。

絵師はそうしたプロが撮った写真よりも、素晴らしい光景を映し出すべきだと思う。

これは、父親の影響なのだろう。ふとした時に、父のあの言葉を思い出す。

『真也、技術や技法はあくまで手段だ。画家は、見たものをそのままキャンバスに写すんじゃない。肝心なのは、お前の心に映っているものをどう表現するかだ。絵は、その者の心にある光景が映し出される』

若冲の作品には、自分の思い描いていた理想があった。

彼の絵は、写実的であり、美しい光景を写真に写したようで、写真よりも美しい。

それは彼が目で見たものが、心に投影されて、それが作品になっている。

それでいて、自我は感じられない。

圧倒されながら作品を観ていくと、若冲がよく描いたと言われる鶏の作品の前に辿り着いた。

向日葵の下にいる一羽の鶏を描いた『向日葵雄鶏図(ひまわりゆけいず)』、紫陽花の陰にいる二羽の鶏を描いた『紫陽花双鶏図(あじさいそうけいず)』、雄と雌の鶏だけを中央に大きく描いた『大鶏雌雄図(たいけいしゆうず)』。

羽の一枚一枚が丁寧に緻密に描かれていて、次の動作まで伝わってくるような躍動感がある。

描かれているのは、ただの鶏だ。

自分ならばモチーフにしようとも思わない。

青物問屋の若冲にとっても、いつもその辺にいる、何ということもないものだっただろう。

作品を凝視していると、横から「円生さん」と声を掛けられて、驚いて体がびくんと跳ねた。横を向くと、葵が申し訳なさそうに眉を下げている。

「……葵はん」

「すみません、真剣に見ているところを……」

いや、と円生は首を横に振る。

葵の隣にいるはずの清貴の姿がない。

「あれ、ホームズはんは？」

「電話が入ったので、ちょっと離れてまして」

ふぅん、と円生は姿勢を整える。

葵は作品に目を向けて、熱っぽく洩らす。

「本当に素敵ですよね」

せやな、と円生は腰に手を当てた。

「青物問屋の後継ぎ息子が、こないな画家になるんやからな」

「ホームズさんが、『近所の有名人』と言ってました」

すかさずそう言う葵に、円生は小さく笑う。

「ま、若冲も立場的には、ホームズはんみたいなもんやろ。裕福な商人の息子で、悠々自適に暮らしてたんやから」

ええ、と葵はうなずく。

「でも、若冲は、絵を描くこと以外に興味がなかったそうなんです。お酒も賭け事もせず、生涯独身。唯一の贅沢は絵具だったとか」

これはさっきホームズさんに聞いたんですけど、と葵は付け加える。

絵具は当時、かなり高価なものだったはずだ。

若冲がその才を伸ばせたのは、裕福な家に生まれたというのもあるのだろう。

「すごく集中して観ていましたね」

あらためて葵にそう言われて、気恥ずかしくなる。

「……なんで若冲は、鶏を描いたんやろて思て」

素っ気なく言うと、葵は、ふふっと笑う。

「実は私も美術本を見ている時は、『どうして鶏を描いたんだろう』って思ったことがあるんですけど、こうして見ていると、なんだか分かった気がしまして」

円生は黙って、葵の言葉を待つ。

葵は絵を見上げたまま、そっと口を開いた。

「目に留まったから描いたんだと思うんです」

「目に留まったから？」

たぶんですよ、と葵は笑う。

「目に留まったもの、すべてが美しくて面白くて魅力的だったのではないでしょうか。若冲の作品を眺めていると、まるで『神様の視点』のようだって感じるんですよね。どんなものでも、美しくて力強くて、そして神仏に愛されているんだって。羽の一枚、鱗の一枚に至るまで森羅万象の奇跡で、若冲はすべてに感動していたんだと」

若冲の『動植綵絵』には、魚や蛙、蜘蛛に毛虫まで描かれている。

それらのすべてに尊さを感じていた。

——神様の視点。

なるほど、と円生は口角を上げる。

傑作を描きたい、と若冲も意気込んだのかもしれない。

だからといって、『特別なものを描かなくては』とは思わなかった。

自らの周りにあるすべてが、特別なものだったからだ——。

そうか、と円生は肩の力を抜く。

別に特別なものを描く必要はない。

柳原邸で何も考えずに庭の花々をスケッチしていたように、目に入ったものを描いていけば良いのだ。

あの時、清貴が言っていたのは、こういうことだったのだろう。

それを気付かせるために、この内覧会に招待した――。

いつもならば、悔しさを感じそうなものだが、今はそれがない。

円生は、ちらりと横目で葵を見た。

葵は今も、絵を見上げている。

いろいろとくすぶっていた黒いものが、いつの間にかすっきりしているのを感じ、円生は、くっと肩を震わせた。

「ほんまにあんたは、解毒剤やな」

はっ？　と葵は訊き返す。

「香港の小娘が、あんたのことをなんて言うてたか、ホームズはんから聞いたん？」

葵はきょとんとして、首を横に振った。

「『葵って、うちのママとは違うんだけど、ママみたいと思ったの』やて」

えっ、と葵は目を瞬かせた。

「私がママ？　そんな、私と梓沙さん、歳が近いのに……」

興味深かったのは、『うちのママとは違うんだけど』と言っていたことだ。

おそらく梓沙の言葉通り、彼女の母親と葵は、まるで違うはずだ。

それでも葵の中に、『母』のようなものを感じたというのは、それは葵が持つ母性がそうさせているのだろう。

「ホームズはんといれば、年寄り臭さが伝染るんちゃう？」

からかうように言うと、葵は小さく笑う。

「そうかもしれませんね」

そんな話をしていると、

「葵さん」

と、清貴の張りのある声が耳に届いた。

彼はすぐに葵の隣に立ち、わざとらしく葵の肩に手を載せ、にこりと笑う。

「若沖、堪能していますか？」

「せやな、せっかくあんたが呼んでくれたわけやし。あんたはほんまにええ人やね」

円生も嫌味なほどの笑みを返していると、清貴の隣で葵はふふっと笑った。

「そうなんです。ホームズさんに『もう少しで、円生さんの誕生日なんですよ』って伝えたら、御朱印帳にメモを忍ばせたんですよ。ホームズさんは、円生さんのことを本当に想っているんだなぁ、って思いました」

その言葉に、はっ？　と清貴と円生の声が揃う。

「何を言っているんですか、葵さん。円生をここに招待したのは、たまたまもう一人呼べたからです」

「せやで、何を言うてるんや、ありえへんし。何より気色悪い」

「そうですよ。できることなら、関わりたくない人物です」

「それはこっちの台詞やで。関わりたくないいて言いながら、いっつもあんたの方からちょっかい出してきてるやん」

「それこそ、こっちの台詞ですよ。あなたから僕に寄って来ているのではないですか」

「寄ってへんし」

言い合っていると、葵が間に入って、言葉が足りなかったですね、と手をかざす。

「円生さんの作品を、です」

そう言うと、清貴は弱ったように目をそらした。

「……まぁ、作品には罪がないですしね」

「なんや、そこは認めるん？　俺の作品が好きなんや？」

円生が茶化すように問うと、清貴は開き直ったように向き直る。

「好きではない作品の展覧会をうちで開いたりはしませんよ」

円生は何も言えなくなって、首の後ろを撫でるように手を当てた。

自分の初の展覧会は、家頭邸で行われた。

家頭邸としても展覧会の会場となったのは、それが初めてだったのだ。

清貴は、若冲の作品に視線を移す。

「僕は若冲の作品を『神の視点』だと思っています」

と、葵と同じことを言う。

葵が清貴の影響を受けているのか、二人の感性が似ているのか——。

おそらく後者だろう。

「そうそう、これをどうぞ」

清貴は、若冲の図録を差し出した。

円生は躊躇いがちに、視線を落とす。

「なんや、今度は図録て。こないにもろて、逆に怖いんやけど」

「いえ、これは、内覧会に来た人たちがもらえるものですよ」

「あ、そうなんや」

「では、僕たちはこれで」

「それじゃあ、円生さんまた」

二人は会釈をして、そのまま歩き出す。

円生は二人の後ろ姿を見送った後、再び作品に目を向けた。

神の視点か、と囁く。

色鮮やかな色彩を眺めていると、ふと、八坂庚申堂のくくり猿が頭が過った。

くくり猿は、欲を一つ捨てることで、自分の願いが一つ叶うという。もし、自分が願を掛けるなら、何を差し出すのか。そして何を願うのか？

ここで考えるべきは、『自分の一番欲しいものは何か』ということだろう。

同時にユキの言葉も思い出す。

『逃げずに好きな人——葵さんに、ちゃんと想いを伝えてほしいって思うよ』

葵を特別に想っている。それは認める。

だが、それが恋愛感情かと言われると、よく分からない。

清貴とイチャイチャしているのを見ると面白くないが、胸を掻きむしるような嫉妬に身を焦がすわけではない。

それはもう諦めているからなのだろう。

清貴と葵は一対。

出会った時からそうだったのだろうから——。

ふう、と息をついて、作品に目を向ける。

若冲を見出したのは、大典禅師だと言われている。

大典禅師は漢詩をよくしたことで知られている。

京都禅林中、最高の詩僧と呼ばれたそうだ。

そんな彼は、若冲の才能を褒め称え、惜しみなく支援したという。

そういえば、イーリンも言っていた。

『人類の長い歴史の中で、素晴らしい才能を持ちながら埋もれてきた人間は星の数ほどいると思う。注目されるかどうかは、運も大きく左右するものよ。今のあなたは才能だけじゃなく、運にも恵まれている。どうか、それを自ら放棄しようとしないで』

どんな天才も、埋もれてしまったら意味がない。

若冲にとって幸運だったのは、大典禅師に出会えたことだろう。

「ほんで俺にとっては……」

清貴の姿が脳裏を過る。

円生はそっと肩をすくめて、歩き出した。

第七章　二人の価値観

＊

京都国立博物館を出た私とホームズさんは、手をつないで西へと向かい、鴨川まで来たところで川端通を北へ向かって歩いた。

川の向こうには、風情がある旅館や飲食店が並んでいる。

水面には、白鷺（しらさぎ）がまるで置き物のように羽を休めていた。

のんびり歩きながら、私は気になっていたことを口にした。

「さっきはあんなふうに言っていましたけど、円生さんを若冲の内覧会に招待したのは、やっぱり彼が作品を描けていないのを気にかけていたんですよね？」

まぁ、とホームズさんは少し不本意そうにうなずく。

「彼が上海で描き上げた作品『夜の豫園』は傑作です。それが故に、彼の中でもかなり大きなものになっているようでした」

私は何も言わずに、相槌をうつ。

「円生がこれまで描いてきたものは、ほとんどが父親の名義であったり、著名な作品の贋作でした。彼自身が描き上げた作品は、僕が知っている限り、僕に贈ってくれた『蘇州』と『夜の豫園』だけです」

「でも、『夜の豫園』は一応、蘆屋大成の贋作として描いてもらったんですよね？」

「はい。ですが、あの時の円生は蘆屋大成の作品を知らなかった。だから僕はこう言ったんです」

——僕の見立てでは、あなたと蘆屋大成の作風は似ています。ですので、贋作じゃなくてもいいんです。一枚、絵を描いていただけませんか？　古の中国を思わせる絵をお願いしたいです。葵さんの命がかかっています。本気でお願いしますよ。

ホームズさんはその時の言葉を伝えて、話を続けた。

「最初に観た『蘇州』は、僕に渡すものでしたから、おそらく気楽な気持ちで描いたと思います。それが絵に表われていて、とても伸び伸びとした作品でした。そして、『夜の豫園』は、人を救うために彼が本気で描いたもの。見る者を圧倒する力がある作品です。円生も燃え尽きたと感じる傑作でした。それが故に次のものが描けなくなってしまったんですよね。『あれを超すものじゃなければ駄目だ』、そんな気負いが彼の中にありました」

そこまで言ってホームズさんは肩をすくめる。

「これって本当に、クリエイターあるあるなんですよね」

ですね、と私も同意する。

「店長もよく『これ以上のものは書けない！』ってなってますもんね」

「そういう状況に陥った時は、紙と向き合っていても何も生まれません。アウトプットできなくなった時は、とことんインプットするしかないんですよ」

でも、と私は躊躇いがちに口を開く。

「もし私がクリエイターなら、自分が描けない時に、若冲のような素晴らしい作品を前にしたら、心がぽっきり折れてしまいそうです」

私がそう洩らすと、ホームズさんは、ふふっと笑う。

「もちろん、そういうクリエイターは多いと思いますが、円生は大丈夫でしょう」

確信に近い口ぶりで彼はそう言う。

「そうでしょうか？　円生さんって、意外と繊細のような感じもしたんですが……」

そうですね、とホームズさんは口角を上げる。

「あんなに態度が大きいのに、実は妙に繊細で、自己肯定感が低くて、変なところでウジウジする本当に面倒くさい男です。その一方でとことん負けず嫌い。『神の視点』を持つ絵師の作品を前に、『俺かて描ける』とメラメラしてますよ」

「さすが、よく分かっているんですね」

「まぁ、似た者同士ですからね」

ホームズさんは少し諦めたような口調で言う。

かつての彼なら似た者同士であることを自覚していても、口にはしなかっただろう。

「似た者同士といえば、実は私も若冲の作品を観て、『神様の視点』のようだと思ったんですよ。なのでホームズさんが『神の視点』と言った時、驚きました。そして感性が同じなのかなって、嬉しかったです」

そうだったんですね、とホームズさんは嬉しそうに目を細める。

「僕も嬉しいです」

ホームズさんは急に抱き着いてきたかと思うと、「痛っ」と腹部に手を当てた。

私は、ぎょっとして目を見開く。

「ホームズさん⁉」

すみません、とホームズさんはすぐになんでもないというような顔をする。

「殴られたところ、まだ痛むんですね」

「普通にしていたら、なんでもないですよ」

「大丈夫ですか？」

なんといっても相手は元傭兵だったのだ。

ホームズさんはにこりと微笑んで、私と手をつないだ。

「僕も一応鍛えていますし」

「そうかもですけど」

ホームズさんが殴られた瞬間の光景が頭を過り、私はふがいなさに目を伏せた。

「あの時、私、何もできなくて……」

「何を言うんですか。僕は、あなたが巻き込まれなくて良かったと心から思っています。格闘になった時、あなたにガイドをお願いしたのを本気で後悔しましたよ」

「ありがとうございます。でも、私としては、今回ガイドをお手伝いできて良かったです。梓沙さんと過ごして、一連の出来事を経て、自分の中でモヤモヤしていたものが少し晴れたんです。そして今回のことで、お金に関する考え方も少し変わったんですよ」

「どのようにですか？」

「私、前までお金をたくさん欲しいと思うことに罪悪感みたいなものを抱いていたんです。どうしても、嫌らしい感じがするなって。だから、お金持ちがたくさん買い物する姿も嫌らしいことの象徴のようで……梓沙さんが大丸さんで高級なジュエリーを大量に購入している時も、実はモヤモヤしていました」

けど、と私は話を続ける。

「それが、会社のためだと聞いた時は感動したんです。その時に思ったんですよね。もし、自分の趣味だけのために大量に買ったとしても悪いことじゃない。むしろ経済を動かしているわけで、それは素晴らしいことです。だけどそのうえで私は、自分の好きなことをビジネスに結び付けている梓沙さんが素敵だって」

思えば、ホームズさんがよく言う言葉がある。

『いつでも本物を観るようにしています』

『せっかく身に着けるものなら良いものと思っています』

『迷った時は高価な方を選ぶべきだと思っています』

世の中には良い贅沢と悪い贅沢があり、良い贅沢は心と生活と経済に潤いを与えるのを知っている。

それはホームズさんが教えてくれたことだ。

これまでは、『言ってることは分かるけど、腑に落ちない』という状態だった。

だけど、今は少し違う。

「若冲もそうですよね。あの時代には、高価な絵具を惜しみなく使って絵を描いていた。

人から見たら、贅沢に映ったかもしれませんが、悪い贅沢ではないって。それでハッキリ分かったんです。私は、『糧』になると思ったらモヤモヤしないんだと」

糧ですか、と洩らす彼に、私は首を縦に振る。

「ホームズさんが、私に高価なプレゼントを贈ってくれようとするたびに、胸が騒いでいたんです。それなのに、私の見識を広げるために南座や豪華寝台列車といった、私にはハードルが高いところに連れて行ってくれた時は――そのたびにうんと恐縮はしましたけれど、心から嬉しかった。それはきっと今後、人生の大きな『糧』となる経験だったから、感謝して受け取ることができたんだって」

私は一拍置いて話を続けた。

「もうひとつ分かったのが、お金があるというのは、それだけ『選択の自由』があるということなんだって。『お金がたくさんある人は、なんでも買えるし、どこにでも行けるから羨ましい』ってこれまでは思ってました。だけど私が本当に羨ましかったのは、『たくさんの選択肢を持てている』ってことなんだって」

そうですね、とホームズさんは空を仰ぐ。

「『なんでも買える、だけど、買わない』、『世界中どこにでも行ける、でも、家にいる』、お金があるというのは、どちらも選べます。世の中には『お金がなくても幸せ』『世の中お金だけじゃない』という人もいます。それも間違っていない。ですが、さまざまな場面において、『どんな選択もできる』というのは、それだけ『自由』なんだと思ってます」

その言葉を聞いて、私は苦笑しながら、うなずいた。

「私はまさにそれで、『お金がなくたって幸せ』と思っていました。でも今回のことを経て、お金があるというのは、それだけ自由なんだということが分かって、心の奥底にあった、お金への抵抗や罪悪感が薄れた気がしたんです」

それは良かった、とホームズさんは柔らかく目を細める。

「お金というのはとても人の感情に敏感なんです。心の奥底でお金を拒否しているうちは、どんなに願っても、なかなか来てくれないものですから」

私は思わず笑って、ホームズさんを見る。

「そんなものなんですね？」

はい、と彼も愉しげに目を細めた。

「善人も悪人も関係なく、お金は自分を心から好いている人のところに集まるんですよ。『自分はそんなにいらない』『たくさんあったら不幸になる』『ほどほどでいい』と言っている人は、その通りになってしまうんです」

「たしかに、うちの祖母や両親は『ほどほどでいい』って、よく言ってて、割とその通りになっています」

「うちの父もそんな感じですね。ですが、僕と祖父は違いますよ」

「ええ、いくらでもウェルカムです。気が向いたら、世界中どこへでも美術品を観に行きたいですし」

らしいです、と私は口許を綻ばせる。

「そう思ったら、しっかり意識を変えないと」

だけどいきなり、『お金大好き』なんて切り替えられるだろうか？

そんなふうに思っていると、ホームズさんが察したように、ふふっと笑う。

「もし、『お金が欲しい』という露骨な感じに抵抗があったら、『たくさん自由が欲しい』と思うようにしたら良いかもですね」

なるほど、と私は大きく首を縦に振った。

そこでふと思った。

梓沙さんがジュエリーをプレゼントすると申し出た時、どうして、受け取れなかったのか。そして、なぜ、ホームズさんが高価な物をプレゼントしてくれようとすると、抵抗を感じていたのか……。

「もし今後、自分が心から手に入れたいと思ったものに出会ったなら、ホームズさんに贈

なので、と私は顔を上げて、彼の顔を見詰めた。

です。これは相手が誰でも同じことだって」

の心が囚われてしまう……そんな気がしていたんです。だから、受け取りたくなかったん

ぎた物』をもらってしまえば、恐縮しすぎて対等ではいられなくなる。そうすると、自分

も梓沙さんも心から私を想ってプレゼントしてくれているのに、私にとって『自分には過

「言葉にするのが難しいんですけど、『自由』がなくなる気がしたんです。ホームズさん

ホームズさんは何も言わずに、次の言葉を待っている。

の申し出を断ったのと同じ気持ちでした」

「もちろん、そういう気持ちがゼロだったわけじゃないんですが、それよりも、梓沙さん

「そうではなかったんですか？」

くれていて、私自身は『自分にはそんな価値がない』と思っていたんです」

は、感覚の違いなんだろうと思ってました。ホームズさんが私にそれだけの価値を感じて

「ホームズさんが『高価な物』を贈ってくれるたびに、気が引けていた理由です。今まで

なんでしょう？　とホームズさんは訊き返す。

「なんだか、ようやく分かりました」

られるより、自分でがんばって手に入れたい。そしてその様子をホームズさんに一番近くで見ていてもらいたいです」

ホームズさんは、分かりました、と清々しいような表情を見せた。

「今後あなたに欲しいものができて、僕がそれに気付いたとしても、先回りして購入するようなことはしません。あなたの一番近くで、あなたががんばって欲しいものを手に入れる様子を見守りたいと思います」

「ありがとうございます」

「お礼を言うのは僕の方ですよ。一番近くであなたを見守るのを許していただける。僕にとって、それが何より嬉しいものです」

これこそお金では買えないものですね、とホームズさんは額を私の額に合わせた。

キュン、と私の胸が詰まる。私は目だけで周囲を見回し、誰も見ていないのを確認すると、ちゅっ、と彼の唇に唇を合わせた。

「――っ」

彼は口に手を当てて、真っ赤になって俯いた。

「あかんて、これこそがサプライズでプライスレス。ああ、もう死んでもええくらい幸せや。このまま鴨川に飛び込んで、そのまま淀川まで流れてもええし」

「ちょっ、不吉なことを言うのはやめてください」

彼は、ははっと笑うも、その後に黙り込み、俯いたまま顔を手で覆った。

「ホームズさん？」

恥ずかしながら、とホームズさんは口を開く。

「実はまた、僕は不安になっていたんです」

えっ、と私は戸惑って、小声で訊ねる。

「私が、大学卒業後に海外に行くかもしれないってことで？」

いいえ、とホームズさんは頭を振った。

「それとは別のことです。昨年末、『もう少し庶民感覚をいただけると……』と葵さんは僕に言ったでしょう？」

「はい」

「認めたくはなかったんですが、あなたと僕の価値観は、少し違っています。価値観の違いというのは、別れの原因にもつながる決定的なものです。それを理由に離れて行かれたらと……」

私はぽかんとして口を開く。

「それで、庶民アピールをしてたんですね」

「実際、僕は庶民なんです。それを分かっていただきたくて」

ホームズさんは少しムキになって言う。

そんなことをアピールしている時点で、真の庶民ではない気がするのだけど……。

私が呆然としていると、ホームズさんは大きく息を吐き出した。

「あなたに、価値観が違うと実感されるのが怖かったんですね」

「でも、価値観なんて、違って当たり前じゃないですか」

私がそう言うと、ホームズさんは、えっ、と顔を上げた。

「だって違う人間なんですから、まったく同じなんてありえない。何もかも違っているから、分かり合おうと努力したり、譲り合ったりできるんじゃないですか」

ホームズさんは驚いたように目を見開いている。

「もちろん、価値観が近いに越したことはないかもしれませんが、違うからって離れる理由にはならないですし、違っていればいるほど違う視点を知ることができるわけで、大きな学びになると思いませんか？」

私がそう訊ねると、ホームズさんは顔をくしゃくしゃにして、額に手を当てた。

「あなたは本当に……」

私は小さく笑って、ホームズさんの頬を両手で包む。

「僕は本当に自分が情けないです」

ホームズさんはそう洩らし、だけど、と続けた。

「おかしいんですが、そんな自分も嫌いじゃないんですよ」

私は戸惑いながら、ホームズさんを見る。

「あなたと会うまで、僕は不安になることも怖いものもあまりない状態でした。僕の大切な人は皆、それなりに歳を取っていますから、先立たれてしまう覚悟はできていましたし、手痛い失恋をしたこともありましたが、自尊心が傷付いた程度で、不安や怖さにはつながりませんでした」

私は黙って、ホームズさんの言葉に耳を傾ける。

「普通の人が持つであろう、嫉妬心や恐怖心、所有欲がなく、いつもどこか冷静で、自分は欠陥人間なんじゃないか、と思ったこともあります。そう思った時も傷付くのではなく、『それならそれで楽でいい』と思ったくらいで……」

でも、とホームズさんが、私の頬に手を触れる。

「あなたに会って、すぐ不安になったり、有頂天になったり、いちいち一喜一憂して、心の内側は大変なのですが、でも生きてるって感じがするんです。これまで、何を差し置いても自分が一番だった僕が、今は自分よりもあなたが大切で、あなたを護りたいと心から思っている自分が少し誇らしくもあります」

　まっすぐに見つめる彼の眼差しに、胸が熱くなる。

「清貴さん……」

「……葵」

　ホームズさんは、そっと私の背中に手をまわす。

「あ、お腹、大丈夫ですか？」

　大丈夫です、とホームズさんは笑って、顔を近付ける。

「そういえば私たち、価値観は違ってますけど、感性は似てますよね」

「ええ。やはり、似てるというのは、嬉しいものです」

　鼻先が触れて、もう一度唇が重なった。

　その時、鴨川にいた白鷺が羽ばたき、私たちは弾かれたように唇を離した。

「そうそう、さっきの電話は小松さんだったんですよ。葵さんにバイト代を渡したいと仰っていたのと、たくさん報酬が入ったそうで、仕出しを頼んで事務所でお疲れ様会をしようと」

「わぁ、楽しみです」

「それで、小松さんがこんなことを言ってましてね……」

ホームズさんは私にそっと耳打ちする。その言葉に、私の頬が緩んだ。

「それは、大賛成です」

私たちは顔を見合わせて、ふふっと笑い、再び手をつないで歩き出す。

鴨川の水面が眩しく光っていた。

エピローグ

＊

「ほんでな、うちはずっと『一見さんお断り』でやってきた店やったんやけど、そろそろそれだけでは立ち行かへんようになってきて、そやけど、これまでのスタイルを変えるてなるとご贔屓さんに申し訳立たへんし。清貴さんはどないに思う？」

和服を纏った小料理屋の女将が、一生懸命話している。

清貴と一緒に祇園を歩いていると、いろんな相談事を受けることが多い。

いっそ、これも仕事にしてしまったらどうだろう、と『三十分間なんでも相談引き受けます。お代はお気持ちで』という張り紙を小松探偵事務所の前にしてみたところ、清貴が在席している時は、相談人がひっきりなしにやってきた。

清貴はというと、てっきり『なんで僕がそんなことを』と渋るかと思えば、割と好意的に引き受けてくれている。

「そうですね。『一見さんお断りの店』というのもブランドだと思いますので、その看板は下ろさずに、一般のお客様向けに『普通なら入れない一見さんお断りのお店で食事ができる体験』といった企画を立ち上げてみるというのはどうでしょうか。ツアー等に組み込んでいただくというのも一つの手かと」

「そうやねぇ、間口を広げへんとあかんわけやし、そういうのもありやねぇ」

ご婦人は、うんうん、とうなずいている。

三十分が経つとアラームが鳴るようにしているのだが、大抵の人はそれが鳴る前にそそくさと立ち上がる。

「そろそろ時間やな。ほんまにおおきに。ほんならこれ、気持ちやけど」

白い封筒を置いて、ご婦人は小松探偵事務所を出て行った。

金額を設定していないので、支払う額はそれぞれだ。千円の人もいれば一万円という人もいる。

直接相談を受けた清貴に八割、小松は場所提供代として二割もらっていた。

それにしても、と円生が可笑しそうに言う。

「張り紙出したら結構来るもんやな。まあ、相談いうより、ホームズはんとお喋りしたいだけ、って感じやけど」

たしかになぁ、と小松はうなずいた。

「でも、毎度結構いいアドバイスしてるし悪くない企画だろ。ってか、あんちゃんは絶対断ると思ったよ」

「少し前の僕でしたら、気乗りしなかったと思うんですが、今は違っていまして」

小松は、おっ、と前のめりになる。

「何か心境の変化があったのか？」

「ええ、ちょっとやりたいことが浮かびましてね。それには今以上に横のつながりがほしいと思いまして」

「やりたいことてなんなん？」

「それは……」

清貴が言いかけた時、インターホンが鳴った。

画像を確認すると、若い男の姿が映っている。

おや、と清貴はぱちりと目を開く。

「春彦さんじゃないですか。どうぞお入りください」

清貴がそう声を掛けると、引き戸が開く音がして、こんにちは、と梶原秋人の弟・春彦が姿を現わした。

「今、ホームズさんがここで、相談を受けてくれていると聞きまして」

いそいそと封筒を出そうとする春彦に、清貴は手をかざした。

「日頃ボランティアをがんばっている学生のあなたから、お代をいただけません」

「ありがとうございます」

と、春彦は恐縮しながらお辞儀をして、ソファーに腰を下ろす。

清貴はコーヒーの用意をしながら、にこやかに訊ねた。

「そうそう、今日の夕方、この事務所内で宴会を開くんです。春彦さんも良かったら参加しませんか？」

「楽しそうですね。でも、この後、学生たちの会合があるんですよ。『大学コンソーシアム京都』の集まりに呼んでいただけまして」

「そうでしたか。相変わらず精力的に活動されているんですね」

「それほどでもないんですけど……。ちなみに、今日の宴会には香織さんも出席するんですか？」

いえ、と清貴は首を振る。

「香織さんも誘ったんですが、家の用事があると」

そうですか、と春彦はそっと目をそらす。

その複雑そうな表情から、何かあったことが窺えた。

どうぞ、と清貴はコーヒーカップを春彦の前に置き、彼の向かい側に腰を下ろした。

「もしかして、香織さんと何かあったんですか？」

「いえ、その……」

春彦は弱ったように頭に手を当て、言いにくそうに口を開いた。

「先日、香織さんに、こう言われたんですよ」

『うちの告白、なかったことにしてくれへん？　これからはただの友達、仲間としてこれまで通り仲良くしてくれると嬉しいし』

春彦は、香織の言葉を伝えて、はあああ、と頭を抱える。

「やっぱり、彼女への返事を保留にしていたのが良くなかったんでしょうか？」

清貴は、どうでしょう、と小首を傾げた。

「その前に春彦さんは、香織さんのことが好きだと自覚したんですね？」

確認する清貴に、春彦はほんのり頬を赤らめて、こくりとうなずく。

「香織さんに告白されてから、彼女を意識するようになりました。香織さんとは波長が合うというか……、一緒にいてとても楽しいんです。何よりとてもまっすぐで素敵な子なんですよ」

そうですね、と清貴はすべて分かっているというように相槌をうつ。

「去年は友達のままで終わってしまったので、今年はがんばろうとも思っていて」

「ああ、その気持ちもよく分かります」

清貴は少し懐かしそうにしながら、うんうん、とうなずく。

そうしたら、と春彦は肩を落とした。

「いきなりそんなことを言われてしまって頭が真っ白です。僕の何が悪かったのかな、とかいろいろ考えてしまって」

「何か、思い当たることはありますか？」

「どうでしょう？　そんな嫌われるようなことをした覚えはないんですが……」

春彦はそこまで言って、前のめりになり、小声で言った。

「実は、円生さんの展覧会からちょっと変わったんです」

うん？　と清貴は訊き返す。

「二人でいると、円生さんの絵の話ばかりするようになって、もしかして香織さん、円生さんに心を奪われたんじゃないかって……」

円生には聞こえないように、春彦はこそこそと伝える。

だが小松の耳に届いているのだから、円生にも聞こえているだろう。

清貴は、うーん、と唸って腕を組んだ。

「いや、それはどうでしょう？」

「ホームズさん、何か分かりませんか？」

「情報が足りなすぎてなんとも言えませんね」

「そうですか……」

はあ、と春彦は息を吐き出す。

「勝手な想像で香織さんの気持ちを推し量ったりせずに、彼女の気持ちを訊いてみたらどうですか？」

「そんなこと……訊きにくいですよ。なんだか、友達にも戻れない気もして」

「そもそも好きな子と友達になんてなりたいですか？」

「えっ」

「僕は嫌ですね。そんな蛇の生殺しみたいなポジション」

「蛇の生殺しみたいなポジションって……」

「近くでチャンスを狙うためとか、他の男が近付くのを阻止するために、友達として側にいたいというなら理解できますが。むしろ、そのための作戦を取りたいというなら、また話は違ってきますよ」

うっ、と春彦は胸に手を当てた。

こんな純朴な青年に、清貴のカンフル剤はきついのではないか、と小松は顔を引きつらせる。

すみません、と春彦はよろよろと立ち上がる。

「ちょっと自分の気持ちを整理して、それからちゃんと向き合おうと思います」

そうしろそうしろ、と小松はデスクでうなずく。

春彦がいなくなった後、小松は顔を引きつらせて笑った。

「ちょっと突き放してなかったか？」

「そんなつもりはなかったんですが……恋をしてヘタレになってしまう気持ちはよく分かりますし」

そこまで言って、ですが、と清貴は春彦が出て行った扉に目を向ける。

「気持ちが分かるからこそ、自分でしっかり考えて彼女と向き合ってもらいたい、と思ったので、それが滲み出たのかしれませんね」

デスクで頬杖をついていた円生が訊ねた。

「にしても、香織はんの心境の変化はなんなん？　ほんまに俺に鞍替えしたんやろか」

清貴は、どうでしょう、と小首を傾げる。

「ありえへんて思うてるんやろ」

「いえいえ、分かりませんよ。告白を撤回したということは香織さんの気持ちが変わったということ。他の男性を好きになったと考えても不自然じゃない。展覧会の後に態度が変わったというのでしたら、あなたを気になっている可能性はあります」

「あんちゃんは本気でそう思ってるのか？」

なんだよ、円生、いきなりモテ期じゃないか、と小松は思わず食い気味に訊ねる。

「可能性のひとつとして挙げただけです。女心は分かりません」

よく言うし、と円生が洩らす。

「だよな。他に何か可能性は？」

「そうですね。一緒に過ごしている間に春彦さんが何かをして、それに幻滅した可能性もあれば、もしくは告白したのにいつまでもアクションがない彼の様子を見て、『自分は対象外なんだ』と思い込んでしまった、等々でしょうか」

めんどくさ、と円生は吐き捨てるように言う。

「思い込みて。ほんま、女は面倒くさい」

そう言うなよ、と小松は苦笑し、清貴を見た。

「嬢ちゃんは、そういう思い込み系の面倒くさい部分はなかったりするのか？」

「いえいえ、そんなことありませんよ。この前も、ちょっとやりとりの勘違いから、僕が違う女性に興味を持っていると勘違いされましてね、葵さんがいじけてしまったこともありますし……」

そう言いながら、清貴の頬がどんどん緩んでいく。

「なんだよ、嬉しくてたまらなそうだな」

「そりゃそうです。幸せです」

良かったな、と小松と円生は揃って冷ややかな表情になる。

「それに、恋をして面倒くさくなるのに、男も女もありませんよ」

「たしかに男も十分、面倒くさくなるよな。それなのに男はどうして女性に対して『女は面倒くさい』とか思ってしまうんだろうな？」

「面倒くささの種類が違っているからでしょうね。女性は女性で『男って面倒くさい』と思っているはずですよ。女性の場合は頭でいろいろと考えて、思い詰めてしまう方が多い気がします」

あー、と小松は額に手を当てる。

「そうかも。うちのかみさんも、ある日、突然キレるんだよ。話を聞くと、『ずっと我慢してたんだ』って怒られるんだ。それなら溜め込まずに言ってほしいよな」

「溜め込んでいる時は言語化できない、靄（もや）のような状態なのかもしれませんね」

「言語化できない、か。……なるほどなぁ、言語化できるようになった時が、キレ時ってことか」

その会話を聞きながら、円生は何かを思い出したような顔をしている。

「イーリンのことを考えていましたか？」

清貴に問いかけられて、円生の肩がぴくりと震えた。

図星だったようで、ばつが悪そうに頭に手を当てる。

「……ま、なんや。アパートの部屋の前で、随分思い詰めたような顔してた気ぃするなて。せやけど、わけが分からへん」

円生は言いにくそうにぽつりと告げる。

「きっと、そうなんでしょうね」

そう言う清貴に、どういうことだ？　と小松は前のめりになる。

「思い詰めていたのでしょう」

何をや、と円生が訊ねる。清貴は話を続けた。

「イーリンは、あなたのアトリエであるアパートまで来たものの、あまりの古さに家に入ることができず、躊躇っていたところ、あなたが『お嬢様が無理して入らんでええし、もう帰ってくれへん？』と言ったら、彼女は『ごめんなさい』と何度も謝って、泣き出してしまった――ということでしたよね？」

せや、と円生はうなずく。

「それだけ聞くと、あなたが言う通り、『わけが分からない』かもしれません。でも、イーリンの行動は、いろんな想いがあってのことなのかもしれませんよ」

「いろんな想いて、なんやねん」

「それは僕が言うことではなく、あなたが自分で考えることです」

めんどくさ、と円生は清貴に背を向け、頭を抱えるようにして突っ伏す。

清貴が、やれやれ、と肩をすくめていると、インターホンが鳴った。

＊

インターホンの相手は、仕出し屋だった。

「おっ、もう、そんな時間か」

小松は弾かれたように腰を上げて、玄関へ向かう。

円生は欠伸をしながら、時計に目を向けた。

夕方五時を過ぎたところだ。

清貴が春彦に伝えていた通り、今日はここで、宴会――『お疲れ様会兼新年会』を行うという。

さて、と清貴は立ち上がる。

「円生、長テーブルを出して、ソファーを動かしますので手伝ってください」

ええけど、と円生も立ち上がった。

「わざわざここでやらんでも、居酒屋とかでも良かったんちゃう？」

「まぁ、こういうのも楽しいでしょう」

デスクを端に寄せて、長テーブルを出し、ソファーを動かす。

仕出しというと重箱に入った和風の弁当を想像していたが、届いたのはオードブルだった。

唐揚げやフライ各種、ローストビーフ、エビチリに春巻き、刺身の盛り合わせと、和洋中バラエティに富んでいる。

「コップとお皿も用意しましょう」

「結局、今日は誰が来るん？」

「葵さん、利休、ユキさん……」

「はっ、ユキまで呼んだん？」

「ええ、せっかくですから。喜んでいましたよ。何か問題が？」

「いや、別にええけど」

「イーリンも誘ったんですが、彼女はもう上海だそうで」

ふぅん、と円生は相槌をうつ。

「あと、秋人さんも来られます」

「わざわざ？」

「今、関西にいるようですよ」

「にしても、よう顔出すやん。あの男は、ほんまに人気俳優なんやろか」

「僕も常々そう思っています」

オードブルとともにコップや皿がテーブルに並ぶ頃、葵、利休、ユキがやってきた。

三人はお菓子や飲み物が詰め込まれ、パンパンになったエコバッグを持っている。

重そうにしている利休とユキをスルーして、清貴は「葵さん、大丈夫ですか」と、葵が手にしているエコバッグを持った。

利休はムキになって声を上げる。

「ちょっと清兄。僕とユキさんのバッグには飲み物がたっぷり入ってるからすっごく重いんだけど、葵さんのはお菓子やおつまみだけだから軽いんだからね！」

「ああ、それは、失礼しました。利休、ユキさん、重いものをありがとうございます。冷蔵庫に入れておきますね」

清貴は二人からエコバッグを受け取って、冷蔵庫の前へ向かう。

利休が言った通り、エコバッグの中にはジュース類のほかにビールやシャンパン、ワインに日本酒が詰め込まれていた。

「子どもがお酒買えたんや？」

円生が訊ねると、葵とユキは「大人です」と声を揃える。

「でも、身分証明書の呈示を求められちゃいました」

「僕たち、そんなに子どもっぽいかなぁ」

葵とユキは、ねぇ、と少し不服そうにしながら顔を見合わせる。

そんなやりとりに、円生は思わず笑う。

「ねっ、メンバーはこれで全員？」

利休は、部屋を見回して訊ねた。

「秋人さんも来られる予定ですよ。なるべく早く駆け付けたいと仰ってましたが、何時になるか分からないので、始めていてよいとのことです」

「じゃあ、始めちゃってもいいってことかな？」

「そうですね、始めましょうか」

「あっ、私、『CLOSED』の札を出してきますね」

葵がそそくさと部屋を出て行く。

そんな札あったやろか、と円生が思っていると、ふっ、と照明が消えた。

「なんや、停電やろか」

天井を見上げて言うと、暗がりの中、ぽっ、とロウソクの明かりが浮かびあがった。

なんや、と円生は目を凝らす。

葵がデコレーションケーキを手にしている。

よく見ると、それは大きなプリンに飾り付けした、手づくりプリンケーキだった。

「円生さん、お誕生日おめでとうございます」

「真也くん、おめでとう」

「ロウソクですが、実年齢の本数を載せたら大変なことになるでしょうし、三本にしておきました」

「三十代の三本だな」

葵、ユキ、清貴と小松がそう言い、最後に利休がニッと笑う。

「円生さん、せっかくだから歌おうか？」

円生は戸惑い、何も言うことができず、ケーキに目を向ける。

そうか、今日は、一月三十一日。誕生日だった。思えばこれまでの誕生日、こんなふうにサプライズで祝ってもらったことがあっただろうか？

ロウソクの火を眺めながらぼんやりそんなことを思っていると、葵がテーブルの上にプリンケーキを置いた。

「さっ、ロウソクの火を吹いてください」

葵、清貴、小松、利休、そしてユキが見守っている。

胸に何かが込み上がり、目頭が熱くなるのを感じた。

あかん、と円生はそれを堪えるように、拳を握る。

「なんやねん、こんなん、ほとんど嫌がらせやん」

吐き捨てるように言うと、ユキがオロオロと目を泳がせた。

せっかくこうして祝ってくれているのにそんなことを言うなんて、と思っているのだろう。だが、他の皆は動じてもいない。

「そう言うと思ってました」

「円生も安定だな」

「うん、円生さんらしいね」

「ええ、もちろん、嫌がらせですよ」

葵、小松、利休、清貴がそう言って笑っている。

ここにいる皆は、自分をよく分かっているのだ。

嬉しさが募っているのに、居たたまれなくなる。皆が嫌な気持ちになると知りながら、こんなん鬱陶しいし、と吐き捨ててこのまま部屋を出たいくらいだ。

そう思った時、部屋の扉が開き、秋人が飛び込んで来た。

「ちょっ、聞いてくれよ、大ニュースなんだ！」

その勢いでロウソクの火が消え、皆は「あー」と残念そうな声を上げる。

「なんだよ、真っ暗じゃねぇか。スイッチはここか？」

そう言って部屋の照明までつけた秋人に、皆はがっかりしていたが、円生としては、救われた気分だった。

秋人はケーキを見て、うわっ、と口に手を当てる。

「悪い、もしかして、お祝いしてたところだったか？」

「ええ、円生の誕生日なんです」

「円生、マジでごめん」

両手を合わせる秋人を前に、別にええし、と円生は肩をすくめた。

やれやれ、と清貴が腰に手を当てた。

「あなたのそのタイミングは、いつも神がかっていますね。いろんな意味で」

「なんなら、もう一回電気消して、仕切り直そうぜ」

「まぁ、もういいでしょう。円生はこういうことが本当に苦手のようですし」

自分の居たたまれなかった気持ちが清貴には伝わっていたようだ。

何もかもお見通しで、本当に忌々しい、と円生はそっと目を背ける。

「それで秋人さん、ニュースって、なんですか？」

葵が問いかけると、そうそう、と秋人は前のめりになった。

「相笠くりす先生の作品あるだろ。俺とホームズをモデルにしたやつ」

ああ、と皆は相槌をうつ。

昭和初期の京都を舞台にしたエラリー・クイーンのパスティーシュで、豪商の息子である清貴が探偵役、書生の秋人を相棒としたミステリー小説だ。

「それが、なんと舞台化されることになったんだ！」

おおっ、と皆は声を揃える。

「そしてもちろん、主演の一人は俺だ！」

と、秋人は親指で自分を指す。ですよね、と一同は納得した。

それじゃあ、と清貴は腕を組んだ。

「僕、家頭清貴――では、なかったですね、『神頭清里（かみずきよさと）』役はどなたが？」

作中の清貴は、原稿の段階では、『家頭清貴』と本名そのままだったが、書籍になった際には、『神頭清里』という名前に変わっている。

ちなみに梶原秋人は、『梶間秋斗（かじまあきと）』だ。

「それが、もう、驚くなよ。ホームズ役は、市片喜助（いちかたきすけ）さんなんだ！」

「えっ、喜助さんが！」

葵が目を輝かせている。

市片喜助は歌舞伎役者でドラマなどにも出演している俳優だ。端整な顔立ちをしていて、黒髪に白い肌、そして美形と人気も高い。

言われてみれば清貴っぽいのかもしれない。

「それが、新しい試みっつーので、南座で公演されるんだ。すげぇだろ」

なるほど、それで市片喜助か、と皆は納得する。

「本当にすごいですね、楽しみです」

葵は興奮気味だったが、清貴は渋い表情だ。

「ホームズさん？」

「喜ばしいことなんですが、なんだか、嫌な予感もしてしまったり」

「嫌な予感って？」

「……また、不本意なことに巻き込まれそうな気がしまして」

皆は、間違いないな、と思わず噴き出す。

「でも、本当におめでたいですよ」

手を叩いて喜ぶ葵に、清貴は、そうですね、と気を取り直したように言う。

「とりあえず、乾杯しましょうか。小松さん、合図をお願いします」

突然、清貴に振られて、小松は「あ、ああ」とぎこちなくうなずく。

皆がすぐに飲み物の用意をするなか、小松は、こほん、と咳払いをした。

「えっと、それじゃあ、この前はお疲れ様っていうのと、今年もよろしくっていうのと、円生の誕生日、そして舞台化を祝って、乾杯！」

乾杯！　と皆は声を揃えて、グラスを掲げた。

もちろん、清貴の嫌な予感は見事に的中するのだが、それは少し先の話だ。

あとがき

いつも、ご愛読ありがとうございます、望月麻衣です。

京都ホームズも十八巻目。六・五巻に続き、ガイドブック&短編集の0巻も発売したので全二十作となります。本当にありがとうございます。

その0巻、京都ガイドは、春夏秋冬と季節別におすすめの場所や清貴の豆知識なども入っていて、写真も美しく、とても分かりやすくまとまっています。

短編には、初期の頃の葵と清貴のエピソードが詰め込まれていて、甘酸っぱさと懐かしさ満載です。どうぞよろしくお願いいたします。

今回の十八巻、構想を練っている時、『お嬢様のボディガードをする清貴』というアイデアが浮かび、その後に『傍若無人なお嬢様に、輪をかけて性格の悪い清貴』という展開も思いつき、本作が出来上がりました。

久々に腹黒全開の清貴を書けて、たっぷり京都案内をさせることもできて、とても楽しかったです。また、主人公である葵目線より小松目線の方が多めですが、彼の視点だと客観的に広い視野で物語を綴れるので、とても書きやすく感じています。小松さんは、今後も語り部として活躍してくれそうですね。

ちなみに作中に登場した、『ポルトガル菓子店』、『ハインアット・ジェンシー』、『アマノ京都』、『ヴァンリリーフ&アナベル』は実在するホテルやブランドをモデルにして少し変えたものです。

さて、著作では、この作品に続く、長いシリーズ作品『わが家は祇園の拝み屋さん』が完結いたしました（番外編の刊行予定はあります）。

拝み屋さんにも清貴が登場しているのですが、そこに掲載した掌編が大変好評で、『あの掌編を読んで京都ホームズを読み始めました』という声が届き、はたまた、京都ホームズの読者さんからは『拝み屋さんの掌編で清貴の胸の内が分かって、嬉しかったです』といったお声もたくさん届きました。これは京都ホームズの方にも掲載するべき話なのでは、と感じ、こちらにも掲載することにしました。

『わが家は祇園の拝み屋さん』では十三巻に収録しているエピソードを、加筆修正して、こちらにも掲載させていただきます。どうぞよろしくお願いいたします。

今巻もこの場をお借りして、お礼を伝えさせてください。

私と本作品を取り巻くすべてのご縁に、心より感謝とお礼を申し上げます。

本当に、ありがとうございました。

望月　麻衣

番外編　拝み屋さんと鑑定士［彼の胸の内］

骨董品店『蔵』のドアベルが、カランと鳴った。

「こんにちは」

いらっしゃいませ、と私は振り返り、思わず言葉を失う。

そこにいたのは、とても美しい青年だった。

雅で柔らかな物腰に、纏っている和服が良く似合っている。

「あ、こんにちは、澪人さん」

私は、彼に向かってお辞儀をする。

「葵さん、お久しゅう」

彼の名前は、賀茂澪人さん。

拝み屋、除霊師、はたまた陰陽師といった特殊な仕事を生業としている家の跡取りだそうだ。

カウンターの中で仕事をしていたホームズさんがにこやかに顔を上げた。

「澪人くん、いらっしゃいませ。この前はありがとうございました」

佐田豊さんが肌身離さず持っていた御守が、どこの神社のものなのかを知りたいと思ったホームズさんが、澪人さんを頼ったのだ。

おかげで、謎が解ける大きなきっかけになったという。

彼の隣には、学生と思われる小柄な少女が寄り添うようにしていた。

まるで子ウサギのように可愛らしい。この人は――、

「こんにちは、ええと、小春さん、でしたよね？」

私が問いかけると、彼女は花が咲いたように笑う。

「はい、そうです。櫻井小春です。お久しぶりです、葵さん」

そう言ってゆっくりと頭を下げた。所作が美しく思わず見惚れてしまう。

彼女は、澪人さんのはとこだという。

以前、澪人さんとこの店を訪れたことがあった。

だけど、その時は挨拶をした程度で、すぐに帰ってしまったのだ。

「今日は、たまたま近くまで来たので、寄せてもらいました」

「店の外から葵さんの姿が見えたので、入りたくなったんですよ」

そう言う二人に、私は、そうだったんですね、と頬を緩ませる。

「澪人くん、小春さん、どうぞお掛けください」

ホームズさんは手を差し向けて、ソファーに座るよう促し、そのままコーヒーの用意をするため、給湯室へ向かった。

「おおきに」「失礼します」と、二人はいそいそと並んで座る。

その距離感が以前よりも近しく、ついつい、もしかして二人は交際しているのだろうか、などと思ってしまう。

小春さんは、興味深そうに店内を見回し、ぽつりと洩らす。

「本当にこんなにたくさんの古い物があるのに、淀んでいないのがすごいです」

「大切にされたはるのが伝わってくるし」

「本当ですね。思えば、初めてここに来た時は、衝撃の連続でした」

その言葉が耳に届き、私は小首を傾げた。

「衝撃？」

「あ、はい。私にとってインパクトが強かったんですよね……」

彼女はその日のことを振り返るように、遠い目を見せた。

＊

櫻井小春が、京都に移り住んだ年のこと。

「――骨董品店『蔵』？」

小春は、賀茂澪人に連れられて、『蔵』という骨董品店に向かっていた。

場所は、寺町三条だという。

商店街のイメージとともに浮かんでくるのは、大きな蟹のオブジェだ。

「ああ、あの蟹屋さんの辺り……」

ぽつりとつぶやいた小春に、澪人はくすりと笑ってうなずいた。

「そやね。その近くや。僕的には、『三嶋亭（みしまてい）』の近くて印象なんやけど」

「すき焼き屋さんですよね」

「知ってたんや」

はい、と小春は答える。

「店に入ったことはないんですけど、年末に、お祖母ちゃんが、あそこで良いお肉を買ってきてくれたことがあって」

「そやねん、京の人間は、年末になるとあそこでええ肉を買うて、すき焼きとかする人が多いさかい。えらい行列になるんやで」

「そうなんですね」

祇園から寺町三条は近くはないが、歩けない距離ではない。

時間にして二十分くらいだろうか。

二人は、四条通を西へと進み、新京極通に差し掛かったところで北に曲がり、商店街のアーケードに入った。

ここは錦市場が近く、いつも人で賑わっている印象だ。

「今日は、その『蔵』にお届け物があるんですよね?」

「そうや。付き合うてくれて、おおきに」

そんな、と小春は首を振る。

澪人とこうして歩けるのは、とても嬉しかった。

けれど、彼はどうして、私を連れて来たのだろう? 気晴らしをさせてくれようと思ったのだろうか?

小春は疑問に思って、小首を傾げる。

そんな小春の気持ちを察したのか、彼は話を続けた。

「店にいはるのは、家頭清貴さんていうオーナーのお孫さんで、僕より少し年上の人なんや」

「やがしらきよたかさん」

家に頭と書いて『家頭』と呼ぶと、澪人は教えてくれた。

「僕一人やと歓迎されへん気ぃするし、小春ちゃんが一緒の方がええ思うて」

どうして、彼一人では歓迎されないのだろう？

もしかしたら、その人と不仲なのだろうか？

小春は少し不安になって、ちらりと隣を歩く澪人を見上げる。

彼はいつもと変わらぬにこやかな様子だ。

「あそこやね」

澪人の視線の先には『蔵』という看板に、まるでレトロな喫茶店を思わせる小さな店構えの骨董品店があった。

澪人は歩みのペースを落とすこともなく、扉に手を掛ける。

「こんにちは」

扉を開くと、ドアベルがカランと鳴る。

「こ、こんにちは」

小春も彼の後に続き、ぎこちなく会釈をした。

店はたくさんのアンティークに埋め尽くされている。

古い物には、良からぬ想念がついていることがある。

単体ならば気にならなくても、量が多くなると息苦しくなってしまう。

小春は一瞬、警戒するも、表情を緩ませる。

こんなに古い物がひしめき合っているのに、埃っぽさも、かび臭い想念もまるでない。

それどころか清涼感さえ感じられる。

おそらく、ここにある品のすべてが大切にされていて、その品々はこの店に感謝の念すら抱いているからかもしれない。

アンティークが持つ、誇りの高さ。

それがこの店にはあるように感じられ、小春は安堵の息をついた。

小さく見えたけれど、この店は随分と奥行きがあるようだ。

棚の奥から青年が姿を現わした。艶やかな黒髪に、白肌、白シャツに黒いベスト、黒いパンツ、すらりとした細面の美青年だ。

「――ああ、澪人くん。いらっしゃいませ」

彼が、オーナーの孫の家頭清貴なのだろう。

黒髪、白肌、美青年、となると澪人の特徴と一緒ではあるが、二人は雰囲気がまるで違っている。

澪人がとてものんびりふんわりしているのに対して、彼はとても機敏なようだ。

私は思わず、固唾をのんで二人の様子を窺ってしまう。
すると清貴が、そっと小春に視線を合わせてきた。
「っ！」
目が合い、『しまった』と小春の体が強張った。
澪人と同様に陰陽師一族の血を引く小春には、特別な力がある。
それは、人と目を合わせることで発動するものだ。
いけない、と小春はすぐに目をそらしたけれど、遅かった。
ほんの一瞬で、彼の中の膨大な思考がキャッチされたのだ。

齢はおそらく、十五・六歳の高校一年生。身長155センチ、体重48キロくらい。B80、W62、H82、右肩がやや下がり気味で少し右腕の方が太い↓右利き。全体的に筋肉を感じさせない↓運動部ではない。澪人くんとの距離感↓恋人関係ではない。そもそも彼は交際している女性をここに連れて来るタイプではない。とすると、彼女は賀茂家の人間。親戚の少女↓イントネーションが関東↓祇園の吉乃さんの許に東京から来たお孫さん↓彼女。目をしっかり合わせた後にそらす↓元々活発だったものの、何かの要因（思春期？）で人見知りに。警戒心が強い↓怯えさせないように気をつける。まだ、幼い様子↓出す飲み物はココアｏｒホットミルク。しかしあからさまにお子様扱いを嫌う年齢↓ミルクティｏｒカフェオレあたりだろうか――。

「…………」

彼は、ほんの一瞬で、そこまで思ったところで、

「はじめまして、家頭清貴と申します」

と、胸に手を当ててにこやかに微笑んだ。

「は、はじめまして、櫻井小春です」

「彼女は吉乃さんのお孫さんで、僕のはとこなんです」

澪人が小春を紹介すると、清貴は、既に予測を立てていたにもかかわらず、

「そうでしたか、吉乃さんの……」

と、まるで想像すらしていなかったかのような反応で、相槌をうっていた。

すごい、と小春は息を呑んだ。

――この人、わずか数秒で私のほとんどのことを当てた、と小春は冷や汗をかくのを感じた。

そう、小春の特殊な力とは、目を合わせることで人の考えていることが読めるというも

のだった。小春は今までたくさんの人間の思考を読み取ってきた。

けれど、彼はまったく異質だった。

まるで、人の形をした機械のようだ。

電流が脳内を目まぐるしく飛び交い、状況を判断し、即座に答えを導き出す。

小春が圧倒されていると、

「清貴さん、ようやく持って来られました。もっと早くに終わる予定やったんやけど、思ったより厄介でこないに時間がかかってしもて」

澪人はカウンターの上に風呂敷を置き、それをほどいて桐の箱を出す。

「いえいえ、ありがとうございます」

清貴は内ポケットから白い手袋を取り出してはめ、箱を開けた。

中には、櫛が入っていた。花に蝶、朱色に金が施された、色鮮やかで見事な彫刻のつげ櫛だ。

「……綺麗」

小春がうっとりと洩らすと、澪人は、そやけど、と苦笑した。

「これにどえらいもんが憑いてて浄化に時間がかかりましたわ」

「どえらいもの？」

「たくさんの負の念が重なってこびりついて、ひとつの怪物になったイメージやね」

息を吐くように言う澪人に、「そうでしょうね」と清貴が相槌をうつ。

「これは、持ち主を転々として、持ったものを次々に不幸にしていった『呪いの櫛』だったんですよ」

えっ、と小春は驚いて、今一度櫛を見る。

今は何も感じない、普通の櫛だ。

澪人が時間をかけて除霊をしたのだろう。

「多くの人を不幸にしながら、それでも人々を魅了してやまなかった櫛なんです……しかし、変わらずに美しい品ですが、憑き物が取れると、『惹きつけてやまない魔性』のようなものはなくなるのですね」

清貴は櫛を手に、しみじみと洩らす。

「そうやね、そんなもんです」

櫛に目を落としながら、愉しげに口角を上げている清貴さんを眺めながら、私の中で、彼に対する好奇心がくすぐられてきた。

今まで小春は、人の心の中を自ら進んで覗きたいと思ったことはない。

だが、今はじめて彼の思考はどうなっているのだろう、と気になった。

彼は自分たちとは、また別の『力』を持っているのだろう。

「わざわざ、ありがとうございます。何か飲まれませんか？　コーヒーでも。紅茶やカフェオレもご用意できますよ」

「おおきに。そやけど、僕らはすぐにおいとましますす」

「何か用事でも？」

「そういうんやありまへんけど」

二人の会話を聞きながら、そういえば、どうして澪人は、『僕一人やと歓迎されへん』って言ったのだろう、と小春は眉根を寄せる。

二人は、とても気が合いそうな気がするのだ。

人間離れしているという点でも似ている。

それにしても……、と小春は、清貴を横目で見る。

同じ人間離れでも、澪人とは種類が違う。こんな人が存在するなんて……。彼は、人間らしい感情とかを抱いたりするのだろうか？

小春がそんなことまで思っていると、カランとドアベルが鳴り、

「おはようございます」

明るい挨拶とともに、女子高生と思われる少女が入ってきた。

その挨拶から、彼女がここのバイトであることが分かる。学生だろう。セミロングの、可愛らしい人だった。

小春は、彼女に向かって会釈をしつつ、なんとなく清貴に視線を移した。

彼と少しだけ視線が合った、その瞬間……。

嗚呼、葵さん！

今日も可愛いですっ！

「――っ？」

それはそれは大きな心の声に、小春は驚いて目を剥いた。

ああ、なんやろ、今日も最高に可愛いです、葵さん。そやけど、スカート短すぎやしませんか。いや、僕は嬉しいのですが、その弾んだ息から、小走りでここに来たことが窺えます。スカートが撥ねて他の輩に見られたらどうするというのでしょうか。ああ、もう、この人はほんまに無自覚で困ります。そやけど、あかん、この目を見たら何も言われへん。ほんで、なんやろ。葵さんが店内に入って来るなり、店の照明がパァッと明るくなったようや。天使や。

「…………」

小春が圧倒されていると、背後から澪人がスッと片手で目隠しをしてきた。

「っ！」

驚いて振り返ると澪人は、ふふふ、と笑う。

「恋しい人を前にした男の頭の中は覗いたらあかんよ」

と小声で囁く澪人に、

「……はい」

小春は真っ赤になってうなずく。

骨董品店『蔵』での出来事。

それは小春にとって、いろいろな意味で衝撃的なひと時だった。

＊

「コーヒーをどうぞ」

ホームズさんが、テーブルの上にカップを置いた。それまでぼんやりしていた様子を見せていた小春さんは、我に返った様子でお辞儀をする。

「あの、インパクトが強かったって、どんなふうにですか？」

私が躊躇いがちに訊ねると、彼女は弱ったようにはにかんだ。

「あ……ええと、とってもお似合いの二人だって思ったので」

ほんまやね、と澪人さんがうなずき、ホームズさんは「嬉しいですね」と言って、彼らの向かい側に腰を下ろす。

「ありがとうございます」

私は頬が火照るのを感じながら、ホームズさんの隣に腰を下ろした。

双葉文庫

も-17-26

京都寺町三条のホームズ⑱

お嬢様のミッション

2022年4月17日　第1刷発行

【著者】
望月麻衣

【発行者】
島野浩二
【発行所】
株式会社双葉社
〒162-8540 東京都新宿区東五軒町3番28号
［電話］03-5261-4818(営業部)　03-5261-4851(編集部)
www.futabasha.co.jp(双葉社の書籍・コミックが買えます)
【印刷所】
中央精版印刷株式会社
【製本所】
中央精版印刷株式会社
【フォーマット・デザイン】
日下潤一

ISBN978-4-575-52565-6 C0193
Printed in Japan